SEDUCEME

MAXINE SULLIVAN

¿VENGANZA O PASIÓN?

Editado por Harlequin Ibérica.
Una división de HarperCollins Ibérica, S.A.
Núñez de Balboa, 56
28001 Madrid

¿Venganza o pasión?, n.º 3 - 22.3.17
Título original: Secret Son, Convenient Wife
Publicada originalmente por Silhouette® Books.
Este título fue publicado originalmente en español en 2011

I.S.B.N.: 978-84-687-9100-5
Depósito legal: M-41897-2016
Impresión en CPI (Barcelona)
Fecha impresion para Argentina: 18.9.17
Distribuidor exclusivo para España: LOGISTA
Distribuidores para México: CODIPLYRSA y Despacho Flores
Distribuidores para Argentina: Interior, DGP, S.A. Alvarado 2118.
Cap. Fed./Buenos Aires y Gran Buenos Aires, VACCARO HNOS.

Capítulo Uno

Gemma Watkins se detuvo en seco mientras salía de la sala de espera del hospital. Un hombre alto avanzaba a grandes zancadas por el pasillo. Sus anchos hombros, su andar decidido le recordaban a…

«Por favor, Dios mío, que no sea Tate Chandler…».

En ese instante, él la vio. Dudó un instante y luego apretó el paso hasta que llegó junto a ella.

–Gemma…

La voz de Tate se le deslizó por la piel provocándole un temblor de aprensión. Aquel hombre había sido su amante. El hombre del que había estado enamorada. El hombre que le había roto el corazón hacía casi dos años.

No se podía creer que fuera él. Tate Chandler era un empresario australiano que había llevado el negocio familiar de relojes de lujo a un nivel nunca conocido hasta entonces y le había dado un gran prestigio internacional. Era un hombre con una presencia imponente fuera cual fuera el lugar en el que se encontraba, tanto si se trataba de su despacho en una de las calles más prestigiosas de Melbourne, su ático de lujo en uno de las zonas más ricas de la ciudad o en los pasillos de aquel hospital. Era un multimillonario cuya poderosa apariencia iba más allá de su increíble atractivo. Todo lo que tocaba se convertía en oro y sus caricias también lo eran. Gemma lo sabía de primera mano.

Tragó el pánico que se le formó en la garganta.

–Hola, Tate.

Los ojos azules de él recorrieron la larga melena rubia que cubría delicadamente los hombros de Gemma. Observó el rubor que teñía las mejillas y, entonces, entornó la mirada.

–Espero que el hecho de que estés aquí sea una mera coincidencia.

–No sé a qué te refieres.

–Mi familia ha inaugurado hoy el nuevo pabellón de pediatría en memoria de mi abuelo. ¿No te habías enterado? Ha salido en todos los medios de comunicación.

–No, no me había enterado –replicó ella. Había estado demasiado ocupada trabajando y tratando de mantener la cabeza fuera del agua–. ¿Significa eso que tu abuelo ha… muerto?

–Hace tres meses.

–Lo siento mucho. Bueno, tengo…

–¿Qué es lo que estás haciendo aquí?

–Estoy con… una persona.

–¿Se trata de un hombre?

–Mmm… sí.

–Por supuesto que se trata de un hombre –se mofó él–. Nada ha cambiado en ese aspecto, ¿verdad?

–Esto no tiene nada que ver contigo, Tate. Adiós.

Hizo ademán de pasar al lado de él, pero Tate le agarró el brazo y la obligó a detenerse.

–¿Sabe ese pobre infeliz que es tan solo uno de muchos?

–Yo…

–¿Tú qué? ¿Que no te importa? Créeme si te digo que sé eso mejor que nadie.

Aquellas palabras escocieron a Gemma. Se había entregado de buen grado a Tate el día en el que lo conoció en una fiesta celebrada por el arquitecto para el que ella trabajaba. Se había enamorado instantáneamente de Tate.

Después de lo ocurrido con él, solo podía dar gracias a Dios por no haberle dicho lo que sentía. Por alguna razón, se había reservado aquel secreto y había conseguido mantener su orgullo intacto en parte cuando él le dio la espalda después de llevar un mes de relación. Durante las breves semanas que pasaron juntos, apenas salieron del ático de Tate. El mejor amigo de Tate era el único que conocía su relación.

El recuerdo de todo lo ocurrido le hizo echarse a temblar. Aquel inesperado encuentro resultaba muy injusto, pero, a pesar de todo, no podía decirle a Tate la verdad. No podía. Podría ser que él decidiera…

–Ah, ahí estás, Gemma –dijo una voz femenina a pocos metros de distancia. Gemma contuvo el aliento y se volvió a mirar a la enfermera que salía de la sala de reanimación–. Está bien, cielo –añadió, Deirdre, la enfermera, antes de que ella pudiera preguntar–. Y ya se ha despertado.

–¡Gracias a Dios! –exclamó. Gemma se olvidó de Tate cuando un intenso alivio se apoderó de ella. Era una operación sin importancia, pero, como toda cirugía, no estaba exenta de riesgos.

Deirdre observó a Tate y vio que él tenía agarrada a Gemma por el brazo. Entonces, frunció el ceño. Gemma comprendió que tenía que actuar con rapidez. Se sobrepuso a lo que se sentía y esbozó una sonrisa tranquilizadora. No quería tener que dar explicaciones de nada. Por eso, cuanto antes se alejara de Tate, mejor.

–Ya voy, Deirdre. Muchas gracias.

La enfermera permaneció inmóvil un instante antes de que pareciera que aceptaba que no había ningún problema.

–En ese caso, voy a decirle a Nathan que mamá va a ir a verlo enseguida.

Con eso, la enfermera regresó a la sala de reanimación.

–¿Tienes un hijo?

–Sí –respondió. No podía negarlo.

De repente, la expresión de Tate reflejó una cierta dosis de sospecha.

–¿Y se llama Nathan?

Gemma asintió.

–El nombre de mi abuelo era Nathaniel.

–Es un nombre bastante común –repuso ella mientras se maldecía en silencio por haberse permitido aquella única debilidad.

De repente, él lanzó una maldición. Entonces, soltó el brazo de Gemma y se le adelantó. Ella, como una fiera, se colocó delante de Tate y se interpuso entre la puerta y él.

–Solo tiene diez meses, Tate –mintió.

–¿Es de Drake?

–¡No!

Tate nunca la había considerado inocente en lo que se refería a lo ocurrido con su amigo. Drake Fulton siempre la había puesto nerviosa dado que se mostraba demasiado amistoso cuando Tate los dejaba a solas juntos, dejando bien claro que la deseaba. Al final, no la había conseguido, pero se había asegurado de que Tate tampoco se quedara con ella.

–Por lo tanto, tu hijo es de otro hombre.

–Sí.

De él.

Rezó para que Tate se diera la vuelta y se marchara. Por el contrario, él la sorprendió y siguió avanzando. Ella lo alcanzó rápidamente. Estaba muy preocupada.

–¿A… adónde vas?

Tate siguió andando en dirección a la sala de reanimación.

–Bueno, me has mentido antes.

–No te mentí. Yo…

Gemma tuvo que esquivar a una joven pareja que andaba por medio del pasillo y luego volvió a alcanzar a Tate.

Él la ignoró y apretó el botón que había en el exterior de la sala de reanimación para abrir las puertas. Gemma entró con él. Deirdre estaba atendiendo a uno de los pacientes. Ella vio cómo examinaba la sala y cómo su mirada reparaba en una cuna que estaba más allá del puesto de enfermeras, apartada del resto de las camas.

En ese momento, prácticamente con un movimiento sincronizado, los dos echaron a andar. Se detuvieron cuando llegaron junto a la cuna, en la que un niño muy pequeño de cabello rubio jugaba con un osito de peluche. Nathan levantó la mirada y Gemma contuvo el aliento.

Tate no podía saberlo. Simplemente no podía…

Entonces, Tate se volvió para mirarla. Tenía el rostro muy pálido, pero parecía querer asesinarla con la mirada.

Ella iba a pagar muy caro por lo que había hecho.

***

Tate sintió que la respiración se le cortaba en el momento en el que el niño levantó la mirada y le atrapó el corazón para siempre.

Durante un instante, Tate estuvo a punto de desear que el niño no fuera suyo, que pudiera darse la vuelta, salir huyendo y no tener que ver a Gemma nunca más. No quería que ella volviera a formar parte de su vida.

Sin embargo, con una mirada había sido suficiente. Aquel niño era su hijo. Él no iba a irse a ninguna parte.

Justo en aquel momento, el niño vio a su madre. Dejó el osito y le ofreció los brazos mientras empezaba a llorar. Gemma empezó a sollozar y echó a correr hacia la cuna para tomarlo en brazos.

–Calla, cariño. Mamá está aquí –murmuró mientras lo abrazaba cariñosamente para tranquilizarlo.

–¿Qué es lo que le ocurre? –preguntó Tate.

–Han tenido que ponerle una especie de drenaje en los oídos. Tenía una otitis detrás de otra y los antibióticos ya no funcionaban. Sin el drenaje, podría sufrir perdida de audición y eso podría afectarle al lenguaje y al desarrollo en general.

A pesar de que parecía ser algo muy serio, Tate sintió que la tensión desaparecía. Dio gracias a Dios porque no fuera nada grave.

Entonces, recordó las mentiras de Gemma y la tensión volvió a adueñarse de él.

–¿No se te ocurrió decírmelo? –le espetó en voz baja, consciente del resto de personas que había en la sala.

–¿Y por qué iba a hacerlo?

–Porque este niño es mío, maldita sea.

Gemma abrazó con fuerza a su hijo.

–No. No es tuyo.

–No me mientas, Gemma. Tiene mis ojos.

El miedo se apoderó de ella.

–No. Tiene el cabello rubio como yo. Se parece a mí. No se parece a ti en absoluto. Y, además, solo tiene diez meses.

Efectivamente, Nathan se parecía a ella... a excepción de los ojos.

–Es mío. Y tiene un año. Yo lo sé y tú también.

–Tate, por favor... –susurró ella–. No creo que este sea el lugar o el momento apropiado para hablar de esto.

–Gemma... –insistió él. Tenía que saberlo. Tenía que estar seguro.

Ella se echó a temblar. Entonces, suspiró profundamente.

–Está bien. Sí, es tuyo.

Al oír aquellas palabras en voz alta, Tate se sintió como si estuviera siendo engullido por una ola. Durante un instante, no pudo respirar. Entonces, miró a su hijo. Quería tomarlo en brazos y sentir el momento, pero, por mucho que lo deseara, se imaginó que había que tomarse con calma la situación.

Gemma parecía estar aterrorizada.

–¿Qué... qué es lo que vas a hacer ahora?

–En primer lugar, haremos una prueba de paternidad.

Ella lo miró asombrada.

–¿Pero no estabas tan seguro de que es hijo tuyo?

–Lo estoy, pero quiero que no quede duda alguna al respecto. Además, no sería la primera vez que me has engañado, ¿verdad?

Tate jamás olvidaría el momento en el que la encontró besando a su mejor amigo. Ni el instante en el que Drake le confesó muy apesadumbrado que ella había estado insinuándosele desde un principio. El incidente había provocado que Tate sintiera deseos de matarlos a ambos. Tenía que admitir que, al menos, Drake había sido lo bastante honorable para no permitir que ella lo sedujera. El hecho de que hubiera podido resistirse a una mujer tan hermosa decía mucho de él como hombre. En el pasillo le había preguntado si el niño era de Drake, pero estaba completamente seguro de que su amigo no se había acostado con ella. Drake sería incapaz de hacer algo así. Él siempre mantenía su palabra.

Al contrario de Gemma.

–Yo he admitido que él es tu hijo, Tate. No hay necesidad alguna de una prueba de paternidad.

–Me temo que tu palabra no es suficiente –le espetó él–. Ya hablaremos de todo más tarde.

Ella se irguió.

–No. Tendrá que esperar. Me voy a llevar a Nathan a casa en cuanto el médico le dé el alta.

–Nos vamos a ir a mi casa.

–No hay necesidad de eso –dijo ella, mirándolo con temor.

–¿No?

Gemma tragó saliva.

–Ya se encuentra bastante desorientado por estar aquí. Quiero llevarlo tan pronto como sea posible a un ambiente más familiar. Necesita el consuelo de sentirse en su propia casa en estos momentos.

Tate cedió tan solo por el bien de su hijo.

–En ese caso, yo iré a pasar la noche a tu casa, pero mañana nos marcharemos a mi casa.

–¿Qué has dicho?

–No te preocupes. Yo dormiré en el sofá. Tenemos que hablar y no pienso perder a mi hijo de vista.

–¿No podemos dejarlo hasta mañana? Ahora es tan solo mediodía. Estoy segura de que querrás regresar a tu despacho para poder trabajar.

–No.

No iba a decir nada más. Ya se había perdido el primer año de vida de su hijo y no se iba a perder ni un minuto más. El hecho de que Gemma hubiera tenido un hijo suyo sin decírselo era imperdonable. ¿Y si algo había ido mal con la operación? ¿Y si no se hubiera enterado de que su hijo existía? ¿Y si Nathan lo había necesitado antes? Tate sintió que un dolor muy extraño le oprimía el pecho.

Justo en aquel instante, la enfermera apareció a su lado.

–¿No te dije que tu niño estaría perfectamente? –le dijo a Gemma en tono de broma.

Ella asintió.

–Gracias, Deirdre. Has sido maravillosa.

–De nada –replicó la enfermera–. Mira, acaba de llegar el doctor, por lo que deberías poder llevarte a tu hijo en breve.

El médico apareció al lado de Deirdre y observó a Tate. Entonces, miró al niño y volvió de nuevo a mirar a Tate.

–Entonces, usted es el padre –dijo, sin cuestionar sus palabras.

Gemma emitió un sonido que podría haberse confundido con un sollozo. Tate, por su parte, sintió que el orgullo paterno le henchía el pecho. El médico había deducido el parentesco con tan solo mirarlos. Padre e hijo.

Tate se aclaró la garganta.

–Sí. Soy el padre de Nathan.

El médico aceptó sus palabras y luego centró su atención en el niño.

Tate envió a Gemma una mirada que lo decía todo. Ya no había vuelta atrás.

Capítulo Dos

–Mantén la vista al frente y sigue caminando en dirección a la limusina.

Tate le había colocado el brazo alrededor de la cintura como si estuviera protegiéndola del hombre que había en el aparcamiento. Lo más probable era que estuviera protegiendo a su hijo. Gemma decidió que esto era lo más posible mientras trataba de ignorar el tacto protector del hombre que caminaba a su lado mientras llevaba a Nathan en brazos.

–¿Quién es?

–Un fotógrafo. Estaba aquí durante el homenaje a mi abuelo. No estoy seguro de por qué sigue aquí. Seguramente será tan solo mala suerte que se esté marchando al mismo tiempo que nosotros.

La puerta abierta del coche los esperaba. El instinto los empujó a meterse en la parte trasera del vehículo. Entonces, el chófer rodeó el coche y ocupó su lugar tras el volante. En ese momento, Tate apretó el botón que accionaba la pantalla que separaba la parte posterior de la delantera de la limusina.

–Vamos directamente a casa, Clive, pero con calma.

La pantalla se subió automáticamente.

–Yo quiero irme a mi casa, Tate.

–¿Y dejar que los medios tengan fácil acceso a Nathan y a ti?

–Solo había un fotógrafo, Tate, y es imposible que

sepa nada –dijo ella–. Antes dijiste que me llevarías a mi casa y que harías que alguien recogiera mi coche. Estoy segura de que deseas volver a tu despacho. Puedes venir esta noche para que podamos hablar –añadió. Ella misma necesitaba tiempo para tranquilizarse.

–Y entonces, cuando yo regrese, descubriré que Nathan y tú habéis desaparecido.

–¿Y adónde podríamos ir?

–Para empezar, a casa de tus padres.

–Me encontrarías enseguida.

En realidad, ella no iría nunca a la casa de sus padres. Ni siquiera podría hacerlo. Sus padres la habían apartado por completo de sus rancias y virtuosas vidas, pero eso era algo que no le podía decir a Tate. Aparte de que le dolía demasiado, no le daría ese poder sobre ella.

No tenía más parientes a los que pudiera recurrir. Como sus padres habían empezado una nueva vida en Australia muchos años atrás, abandonando Inglaterra inmediatamente después de su matrimonio, los pocos parientes que pudiera tener estaban muy lejos.

Tate tomó su teléfono móvil y comenzó a hablar con una tal Peggy, quien, por las órdenes que le estaba dando, era su ama de llaves.

Como se había dado cuenta de que no podía cambiar nada, Gemma dejó de prestar atención a lo que él decía. Aún estaba temblando por todo lo ocurrido aquel día, y en su vida en general, durante los últimos dos años. No se arrepentía de haber tenido a Nathan, pero su vida había cambiado de un modo increíble desde el momento en el que conoció a Tate.

Para que Tate no se enterara de que iba a tener un hijo suyo, decidió abandonar su trabajo en el estudio de arquitectura y cambiar su piso en el centro de la ciudad por un apartamento en una zona más tranquila. Como ir y venir al centro de la ciudad habría resultado imposible cuando tuviera a Nathan, había aceptado un trabajo más cerca de su casa.

Lo había hecho lo mejor posible y lo había hecho bien, pero no le había resultado fácil contenerse para no ir a buscar a Tate y pedirle que él les apartara de todo aquello. Había tenido miedo de que él se limitara a apartar a Nathan. Tate ya la había echado a patadas de su vida en una ocasión. No le cabía la menor duda de que si creía que estaba haciendo lo correcto, volvería a darle la patada y se quedaría con su hijo.

No obstante, todo aquel sufrimiento se podría haber evitado si Tate la hubiera creído dieciocho meses atrás. Él había dado una fiesta para celebrar el cumpleaños de su amigo y le había pedido que hiciera el papel de anfitriona. Ella se había sentido tan emocionada... Aquella misma noche, más tarde, le había escrito una nota a Tate en la que le decía que se reuniera en su despacho con ella para darle un beso. Le había pedido a un camarero que se la entregara.

El despacho había estado a oscuras cuando él entró. Gemma se había abalanzado sobre él, pero... desgraciadamente aquel hombre no era Tate. El verdadero Tate había abierto la puerta segundos más tarde y la había sorprendido besando apasionadamente a su amigo Drake. Parecía que Drake la había seguido al interior del despacho, pero era ella la que parecía culpable.

Pensar en aquella noche hacía que ella se pusiera enferma, por lo que lo apartó todo del pensamiento. Un rato después, la limusina se detuvo frente a un muro. Un guardia de seguridad abrió dos grandes puertas que dejaron al descubierto una hermosa mansión.

–Esto no es tu apartamento –dijo Gemma.

–Ahora es mi casa.

–¿Estabas pensando en casarte? –preguntó ella, sin poder contener un escalofrío. Aquella casa era enorme incluso para una familia.

–Algún día.

–¿Significa eso que hay alguien especial en tu vida?

–Solo mi hijo.

Después de que se bajaran del coche, todo ocurrió muy rápido. Ella insistió en llevar a Nathan mientras entraban en la casa. Normalmente, era un niño muy alegre, pero tenía los ojos abiertos de par en par. Gemma sentía que estaba muy confuso por todo lo ocurrido aquel día. No era el único.

Tate la presentó rápidamente al ama de llaves, quien les dedicó a ambos una sonrisa.

–Es precioso, señor Chandler.

El rostro de Tate se suavizó mientras observaba a su hijo.

–Así es, Peggy –comentó. Entonces, miró a Gemma y sus ojos se endurecieron–. ¿Está lista la suite que hay al lado de la mía? –añadió, mirando de nuevo a Peggy.

–Por supuesto. Señor Chandler –dijo la mujer, con una cierta inseguridad–… estaba pensando que… Bueno, tengo una cuna que pueden utilizar temporalmente. Es una cuna barata, pero Clive y yo la tenemos en nuestras habitaciones para cuando cuidamos de los nietos. Él podría ponerla en la suite… es decir, hasta que usted compre una. Nosotros ahora no la vamos a necesitar.

Tate asintió.

–Buena idea, Peggy. Gracias por haber pensado en ello.

Peggy sonrió encantada.

–De nada. Haré que Clive se ponga enseguida con ello.

Tate agarró a Gemma por el codo y la empujó hacia la escalera.

–Estupendo. Luego iré a hablar contigo sobre las demás cosas que necesitamos.

Gemma pensó aliviada que era lógico que Tate quisiera que ella durmiera en una suite separada. No había querido nada con ella desde el momento en el que la vio con Drake. Nada había cambiado.

Mientras abría la puerta del dormitorio, indicó otra puerta más adelante del pasillo. Afortunadamente, la distancia era considerable.

Aquella suite era más grande que su apartamento. El enorme dormitorio tenía una cama enorme, un salón y un lujoso cuarto de baño. Era todo lo que se podía esperar de una suite en aquella casa, pero, aunque el dormitorio sí era adecuado para un niño que empezaba a andar, el salón decididamente no lo era.

–Creo que podría necesitar apartar algunas cosas. Y ese sofá sería mejor taparlo –dijo ella. Parecía estar hecho de terciopelo, por lo que no resultaba muy adecuado para las manitas sucias de un niño.

–Los muebles no me importan –replicó Tate–, pero no quiero que el niño se haga daño. Haz lo que tengas que hacer. Me aseguraré de que Peggy se ocupe de que el resto de la casa sea segura para un niño tan pronto como le sea posible –comentó mientras dejaba la bolsa que ella había llevado al hospital sobre una de las sillas–. ¿Necesita que le calienten algo?

–No. Esto está bien –respondió ella. Tenía un zumo en la bolsa–. Seguramente se echará una siesta.

Dejó al niño sobre una alfombra, acompañado de

su osito y luego fue a cerrar la puerta del salón para que él no pudiera entrar. Aún no andaba del todo, pero gateaba muy bien y al menos allí ella podía vigilarlo sin complicaciones.

–Clive te subirá la cuna. Yo volveré enseguida. Peggy necesitará una listado de todo lo que Nathan necesite. Encargaremos una cuna y otras cosas mañana. Quiero que las traigan tan pronto como sea posible.

–Yo tengo todo lo que él necesita en casa.

–Mi intención es que mi hijo tenga lo mejor –replicó él rezumando arrogancia.

–Y lo tiene. Me tiene a mí.

–Por supuesto. Y ahora, tú no tienes necesidad de preocuparte por nada más.

–¿Qué quieres decir?

–Que nos vamos a casar.

–¿A... a casar? –susurró ella débilmente–. Entonces, ¿no vas a intentar quitarme a Nathan?

–No. Por supuesto, si no te casas conmigo, pediré la custodia compartida. Un niño debería poder disfrutar de su padre y de su madre.

–¿Aunque no nos amemos?

–Sí.

–¿Aunque me consideres una mentirosa?

–Sí.

–Eso no será un matrimonio, Tate. Será una pesadilla, no solo para nosotros sino también para Nathan.

Él tensó la boca.

–Si quieres a tu hijo, harás que funcione.

–Eso es injusto.

–¿Sí?

–Tal vez la custodia compartida –comentó ella, sabiendo que ya había perdido la batalla. Tate siempre ganaba.

–No.

–Escúchame. Yo…

En aquel momento, el niño balbuceó algo. Cuando ella lo miró, vio que Nathan se había puesto de pie al lado de la cama y se había agarrado al edredón con una encantadora sonrisa con la que parecía estar diciéndole lo listo que era. El corazón de Gemma se llenó de amor.

Entonces, miró a Tate. En sus ojos, había una expresión de anhelo de doce meces por un hijo al que nunca había conocido.

–Tate, yo…

–No digas nada, Gemma –replicó secamente–. No digas ni una palabra más.

Con eso, se dio la vuelta y se marchó de la habitación.

Tate estaba de pie junto a la ventana del salón, con un nudo en el centro del pecho. Aún se sentía en estado de shock por los acontecimientos ocurridos aquel día. Comprendió que había una razón para que se hubiera encontrado con Gemma aquel día. Su hijo tenía una madre, pero también necesitaba a su padre. Tate jamás se había sentido más seguro de nada en toda su vida.

Dios… ¿cómo había sido capaz Gemma de mantener a Nathan alejado de él? ¿Cómo había sido capaz de hacerle creer, aunque brevemente, que había tenido un hijo con otro hombre? Se había sentido físicamente enfermo en el pasillo de aquel hospital. Recordarla con otro hombre, pensar que había tenido un hijo con otro hombre, le había impedido respirar.

Solo había habido dos veces más en su vida cuando se había sentido tan destrozado. Una había sido cuando sorprendió a Gemma besando a Drake y la otra cuando tenía doce años y su madre dejó a su padre por otro hombre.

Supuestamente, Darlene Chandler se había marchado de viaje para visitar a una prima enferma, pero Tate había oído cómo su padre hablaba con ella por teléfono. Tate jamás habría pensado que escucharía a su alto y fuerte padre suplicarle a su esposa que regresara con él. Nada había funcionado y Jonathan Chandler pareció encogerse, como si hubiera perdido una parte de su ser. Ni siquiera Bree, la hermana pequeña de Tate, que era la favorita de su padre y demasiado joven para darse cuenta de lo que ocurría, había podido llegar a él.

Una semana más tarde, su madre regresó.

Después de aquel incidente, Tate siempre se había sentido muy protector hacia su padre. Amaba a su madre y, de algún modo, el matrimonio de sus padres había sido mejor que antes, pero Tate no podía olvidar cómo el hecho de amar a una mujer podía desgarrar a un hombre. Estaba decidido a no permitir que eso le ocurriera nunca a él.

Y mucho menos con Gemma.

Entre ellos, solo había habido sexo. Nada más. Tate jamás había deseado a una mujer como la había deseado a ella. Desde el momento en el que la vio, la había necesitado con un ímpetu que lo había atravesado por completo. Se había pasado todo un mes tratando de aliviar ese dolor. No se podía decir que ella se hubiera marchado a vivir con él a su ático, pero se habían pasado mucho tiempo allí, por lo que prácticamente era como si lo hubieran hecho.

Los recuerdos volvieron sin que pudiera impedirlo. Era el cumpleaños de Drake y Tate le había pedido a Gemma que fuera la anfitriona de la fiesta. No era de extrañar que ella hubiera accedido con tanto entusiasmo. Él había pensado que era porque por fin ella podía conocer a sus amigos. En realidad, era porque había planeado seducir a Drake.

Dios, había sido tan estúpido... Ella lo había utilizado dos años atrás y le había hecho pensar que era la clase de mujer en la que él podía confiar. ¿Cómo podía seguir deseando a una mujer como ella? Por supuesto, era muy hermosa, incluso con aquellas líneas de agotamiento que tenía bajo los ojos y un cansancio en los hombros que no se podía fingir. Sin embargo, ella no conseguiría compasión alguna por su parte. En aquella ocasión, iba un paso por delante.

Se había visto engañado por su encanto. No dejaría que eso volviera a ocurrir.

Después de que Clive llevara la cuna y de que Peggy le subiera una bandeja con un plato de bocadillos, café y dos tazas, Gemma les dio las gracias y acostó a Nathan. Sola por fin en el salón, se sirvió una taza de café y se sentó en el sofá. Hasta entonces no se había dado cuenta de la sequedad que tenía en la garganta. Dejó los bocadillos intactos. En aquellos momentos, no era capaz de comer nada.

Mientras se calentaba las manos con la taza, resultaba difícil creer cómo las cosas se habían escapado a su control en tan solo unas pocas horas. Dios, ¿por qué había tenido que empezar una relación con Tate Chandler en primer lugar? ¿Por qué no se podía haber enamorado de un hombre más sencillo? Rico o pobre, lucharía por tener a su hijo. Por supuesto, eso la dejaba a ella sin opción alguna.

Justo entonces, oyó que alguien llamaba a la puerta. Se apresuró en responder, sabiendo que Tate llamaba con suavidad pensando en Nathan.

Lo primero que hizo Tate al entrar en la suite fue mirar a su hijo dormido en la cuna. Entonces, la miró a ella.

–¿Todo bien?

–Sí. ¿Te apetece un café?

Sin esperar a que él respondiera, lo condujo hasta el salón y cerró cuidadosamente la puerta que lo conectaba con el dormitorio. Inmediatamente, se dio cuenta de que Tate estaba a sus espaldas, mirándola y siguiéndola, observándola mientras servía el café.

Le entregó la taza y le indicó que se sentara.

Tate no se sentó. Se tomó el café de un trago y fue a la ventana para mirar al exterior.

–Por cierto, no vas a tener tu coche.

Gemma había estado a punto de dejar la taza en la mesa, pero la mano se le detuvo a medio camino.

–¿Qué quieres decir?

Tate se dio la vuelta lentamente.

–Ni siquiera pudieron arrancarlo y mucho menos sacarlo del aparcamiento del hospital. Le he dicho a Clive que se deshaga de él.

Gemma estuvo a punto de dejar caer la taza al suelo.

–¿Qué has dicho? –exclamó, aunque sin levantar demasiado la voz para no despertar a su hijo–. No tenías derecho alguno a hacer eso.

–No voy a permitir que lleves a mi hijo en esa cosa.

Gemma ignoró el hecho de que a él no le importaba que ella también fuera en el vehículo.

–Mi coche solo tiene cinco años. Admito que, en ocasiones, puede ser algo temperamental al arrancar, pero aparte de eso, funciona bien –dijo. Había sido una buena compra y ella tenía que tener mucho cuidado con el dinero–. De todos modos, necesito ese coche para ir a trabajar.

–¿Tú trabajas? –le preguntó él con arrogancia.

–Sí, así es como nosotros los mortales pagamos nuestras facturas –le espetó ella con sarcasmo.

–Si me hubieras dicho lo de Nathan desde el principio, no habrías tenido que preocuparte de las facturas.

–Y, entonces, tendría más problemas, ¿verdad?

–Ya los tienes.

–Maldito seas, Tate.

–¿Por qué no me dijiste lo de Nathan? –replicó él, después de un tenso silencio.

–Tenía mis razones.

–Tú sola tomaste la decisión de mantener a mi hijo apartado de mí. Espero que esas razones fueran lo suficientemente buenas.

Gemma no le habría permitido bajo ninguna circunstancia que él viera lo dolida que aún estaba por todo lo ocurrido entre ellos o dejar que él lo utilizara en su contra.

–Tú ya pensabas lo peor de mí. No tenía nada que perder ocultándotelo.

Tate entornó la mirada.

–Entonces, ¿no querías compartirlo conmigo?

No se había tratado de eso. Habría estado encantada compartiéndolo con él, pero no estaba convencida de que Tate quisiera compartir al niño con ella.

–Al menos, solo tenía que agradarme a mí misma –dijo, como si no le importara.

Él tensó la boca.

–El niño nos necesitaba a los dos, Gemma. Aún nos necesita.

–Nos ha ido muy bien sin ti.

La ira se reflejó en los ojos de él.

–¿De verdad?

Gemma se preguntó si de algún modo él sabía lo mucho que le había costado poner comida sobre la mesa, no para su hijo sino para sí misma. Sin embargo, ¿cómo podía saberlo?

–Tate, piénsalo. Si nos casamos, ¿de verdad quieres que tu hijo viva en un ambiente tan estresante? Porque estoy segura de que eso será lo que pasará. Tú lo sabes igual que yo.

–Pues en estos momentos no parece demasiado estresado –replicó él indicando la puerta que separaba el salón del dormitorio.

–Seguramente será la anestesia. Tal vez aún no se le haya pasado. Mira, no tengo duda alguna de que le dedicarás todas tus atenciones mientras él sea una novedad para ti, al principio, pero eso no puede durar. Ser padre es mucho más que reclamar a un hijo.

–¿Y me lo dices tú cuando ni siquiera me has dado una oportunidad?

–Bueno, te deshiciste de mí tan rápidamente como si fuera una patata caliente –replicó ella.

–No se puede comparar las dos cosas –dijo él–. Y, en realidad, yo diría más bien que fue al revés. Yo diría que eres la persona que se consideraría menos apropiada de los dos para tener un hijo.

Eso le dolió.

–Soy una buena madre.

–Y yo seré un buen padre.

–¿Quién cuida de Nathan cuando tú estás trabajando? –añadió él.

–Va a la guardería. Y es una muy buena –dijo ella a la defensiva–. Si no lo fuera, no le dejaría allí.

–¿Y en qué trabajas? Me encontré con tu jefe hace mucho tiempo y me dijo que te habías marchado.

–Trabajo para una empresa de paquetería. En el departamento de envíos.

–Has bajado unos peldaños, ¿no?

–No hay nada de malo en trabajar allí. Todos trabajamos muy duro.

–No estaba denigrando el negocio de la paquetería.

–Es cierto. Solo me estabas denigrando a mí –replicó ella.

Tate la miró de un modo que le dijo claramente que había acertado.

–Cuando seas mi esposa, no tendrás que trabajar.

–No voy a dejarles en la estacada…

–No creo que lo hayas pensado lo suficiente, Gemma. Hay mucha gente buscando trabajo y algunos de ellos tal vez no les sentara bien que la esposa de un hombre rico aceptara un trabajo que otra persona necesita. ¿Te sentirías cómoda con eso?

Ella lo miró con amargura. ¿Por qué aquel día nada le salía como ella quería? Tate tenía razón. Si seguía trabajando allí, se podría producir perfectamente la situación que él acababa de describir. Además, dado que ya no tenía coche, no podría aparecer en la limusina de Tate todos los días.

–¿No preferirías quedarte en casa con Nathan? –le preguntó él más tranquilamente.

–Es cierto que echo de menos estar más tiempo con él…

–Pues ya está. Problema resuelto.

–Para ti todo es blanco o negro, ¿verdad? No hay grises. Ni espacio para el error.

–Las cosas son lo que son. Por el momento, tómate tiempo libre para estar en casa con Nathan y ya nos preocuparemos por el futuro más adelante. Él necesita a su madre y, por lo que parece, a ti te vendría bien un largo descanso. Al menos, sé que no te quedaste embarazada deliberadamente –dijo él sorprendiéndola con aquel cumplido.

–Tal vez pinché uno de los preservativos –replicó ella sin poder contenerse.

–¿Lo hiciste?

–Por supuesto que no. ¿Por qué iba a hacerlo?

–A mí me parece muy claro. Tenías mucho que ganar.

Gemma se sintió ofendida por aquel comentario.

–Creo que no te he pedido nada. De hecho, no quiero nada tuyo. Nada en absoluto.

Tate la miró con una expresión burlona en el rostro.

–¿Sabes una cosa? Te miro y me pregunto cómo pude haber sido tan necio. Por supuesto –añadió, mirándola de arriba abajo–, tienes un cuerpo estupendo y puedes encandilar a un hombre hasta volverlo loco, pero eso ya lo sabes, ¿verdad? No necesitas que te recuerde lo rápidamente que te llevé a mi cama… y lo rápidamente que tú me lo permitiste.

Enseguida, Gemma comprendió que estaba luchando por algo más que por su hijo. No estaba segura de qué se trataba. Tal vez el derecho a ser juzgada justa y honestamente.

–Tate, a pesar de lo que haya ocurrido entre nosotros en el pasado, no me arrepiento de haber tenido a

Nathan –dijo en tono desafiante–. Así que, si quieres hacerme daño, házmelo a mí.

Una cierta admiración se reflejó en los ojos de Tate, pero desapareció cuando alguien llamó repentinamente a la puerta. Él mismo fue a abrir.

–Señor Chandler –dijo el ama de llaves–, tiene una llamada. Es de su padre. Dice que es urgente.

Tate pareció tensarse. Se volvió a Gemma y asintió. Entonces, salió al pasillo y cerró la puerta. Gemma se dejó caer sobre el sofá, aliviada de que se hubiera marchado. Necesitaba estar a solas. Necesitaba no pensar. Dios, había sido un día tan largo…

Tate regresó demasiado pronto. Aquella vez, no se molestó en llamar. Su rostro parecía estar tallado en piedra.

–¿Qué ocurre?

–El hospital anunció hace unas pocas semanas que mi familia iba a recibir un premio por el apoyo que hemos demostrado al hospital, en especial al ala de pediatría, en los últimos años.

–Me alegro mucho –comentó ella.

Sin embargo, Tate no parecía estar muy contento.

–Una publicación acaba de llamar a mi padre. Querían saber cómo se siente al ser abuelo… Saben lo de Nathan.

–¿Qué?

–Maldita sea, Gemma. Querían saber por qué le di la espalda a mi hijo.

–¡No!

–¿Y qué otra cosa podrían pensar? –preguntó, mirándolo con cara de sospecha–. ¿Le hablaste a esa enfermera sobre nosotros antes de que nos marcháramos del hospital? Me parece extraño que un fotógrafo esperara tanto tiempo después de que terminara la ceremonia.

–¡Yo no dije nada a nadie! –exclamó ella–. ¿Y por qué iba a hacerlo?

–Sabías que no abandonaría a mi hijo. Tal vez pensaste que podrías poner al público de tu lado para que todo el mundo piense que soy un pésimo padre. Así, si les dices lo mala persona que soy, podrías ganar en el futuro una posible batalla por la custodia.

–¡No! –repitió ella, escandalizada de que él pudiera pensar que era capaz de algo así. Jamás le haría algo parecido a Nathan. Cuando creciera, quería que él respetara a su padre a pesar de lo que ella personalmente sintiera por Tate–. Yo jamás utilizaría a mi hijo de ese modo.

Tate la miró fijamente a los ojos.

–Me alegra oírte decir eso sobre nuestro hijo –dijo él–. Debe de haber sido alguien del hospital.

¿Tate la creía? Gemma quiso llorar de alivio. Se obligó a pensar.

–No creo que haya sido Deirdre. Es demasiado profesional. Y el doctor no pareció reconocerte. Había muchas otras personas en la sala de reanimación. Cualquiera de ellas podría haber sumado dos y dos –dijo. Entonces, recordó que la cuna había estado bastante alejada del resto de los pacientes–. Tal vez nuestro lenguaje corporal pudo haber sido suficiente.

–Cierto. Maldita sea. Si una de las revistas lo sabe, puedes estar segura de que el resto lo sabrá también. Mi abuela se llevará un gran disgusto si el hospital decide no conceder ese premio. Mi abuelo y ella trabajaron mucho para apoyarlos y mis padres siguieron con la tradición.

–¿Crees que serían capaces de hacer algo así?

–Mi familia recibe un premio de esas características, pero parece que ni siquiera sabemos cuidar a un niño de nuestra familia –replicó él–. ¿A ti qué te parece?

Tate tenía razón.

–Maldita sea, el momento no había podido ser peor…

Gemma levantó la barbilla.

–Siento que te parezca que nuestro hijo es un inconveniente.

–No me refería a eso y lo sabes –dijo él mesándose el cabello. Por primera vez, pareció realmente disgustado.

Era una visión tan poco frecuente que Gemma sintió una inesperada compasión hacia él.

–Tal vez podrías apelar a la buena voluntad del comité –comentó, aunque sabía que era una tontería.

–¿Acaso crees que eso funcionaría? No. Por mucho que odie ceder ante ellos, tendré que hacer una declaración reconociendo a Nathan como hijo mío y declarando que nos casaremos tan pronto como sea posible.

–Pero si nos íbamos a casar por el bien de Nathan de todos modos –señaló ella.

–Sí, pero ahora vamos a tener que hacer una representación más convincente. No quiero que el escándalo persiga a mi hijo toda la vida.

–¿A qué te refieres exactamente?

–Diremos que tuvimos un malentendido que ya ha sido subsanado y tendremos que demostrarles lo enamorados que estamos. Estoy seguro de que a ti no te costará nada representar tu papel. Ya lo hiciste una vez,

¿recuerdas? Me engañaste completamente. Estoy seguro de que podrás volver a hacerlo de nuevo.

Volvían a lo mismo.

Gemma levantó la cabeza con dignidad. Ya había tenido más que suficiente.

–Te ruego que te marches.

Evidentemente, nadie le había dicho algo así antes. Se le tensó un músculo en la mandíbula. Con eso, se dio la vuelta y agarró el pomo de la puerta.

–Mis padres estarán aquí dentro de una hora. Quieren conocer a su nieto.

Se fue.

Había dicho que sus padres querían conocer a su nieto. No a ella.

Gemma se quedó allí, sintiéndose insignificante y pequeña, una don nadie que no representaba nada en las vidas de la familia de la que estaba a punto de formar parte.

Bienvenida al mundo de los Chandler.

Capítulo Tres

Diez días después, Tate estaba sobre la alfombra roja de la finca que su familia tenía al norte de Melbourne. Observó que una figura descendía por la espectacular escalera para dirigirse al antiguo salón de baile. Oyó cómo los invitados contenían el aliento y demostraban así su apreciación por lo que veían, lo que provocó que se sintiera muy orgulloso. Gemma estaba bellísima y muy elegante con un vestido de novia blanco, con escote palabra de honor. Si hubiera estado enamorado de ella, se le habría hecho un nudo en la garganta en aquel instante. En las circunstancias adecuadas, se habría sentido feliz por tenerla como su esposa.

Efectivamente, aquella mujer sabía muy bien cómo efectuar una entrada espectacular, incluso en su propia boda. Vio como ella agarraba ligeramente la barandilla. Tal vez no se sentía tan segura de sí misma como parecía. Con Gemma, nada era siempre como aparentaba.

Los padres de ella estaban en ultramar y había dicho que no tenía más parientes por lo que el padre de Tate se había ofrecido a acompañarla al altar. Ella le había dado las gracias y los había sorprendido a todos rechazando la oferta. No había habido manera de convencerla.

A pesar de todo, la boda se iba a celebrar aquel día. Solo la familia más cercana de Tate sabía que no estaban enamorados, pero el resto de los invitados tenían que convencerse de que sí lo estaban. Tate no quería que su hijo creciera viciado por los rumores de que su padre no lo había querido. Aquella boda era por él. Si Gemma defraudaba a Tate, estaría también defraudando a Nathan. Sabía que había mucho en juego en la imagen que dieran aquel día, de ahí su espectacular entrada.

Cuando llegó al pie de las escaleras, se detuvo un segundo para tomar fuerzas con un gesto encantador y comenzó a dirigirse hacia el altar.

El corazón de Tate latía a toda velocidad mientras ella se dirigía hacia él sin dejar de mirarlo. Entonces, cuando había recorrido gran parte del camino, miró hacia la primera fila y vio a Nathan, monísimo con un minúsculo esmoquin entre los brazos de su abuela.

Sin previo aviso, se desvió un instante para darle un beso a su hijo y provocó un murmullo de aprobación. Las cámaras inmortalizaron el instante. Tate se preguntó inmediatamente si aquel gesto había sido solo para ganarse los corazones de los presentes. Si esa había sido su intención, lo había conseguido.

Ella regresó a la alfombra roja y siguió con su camino. Entonces, se miraron a los ojos. Tate sintió el nerviosismo que la atenazaba y, sin poder contenerse, extendió la mano. Después de un breve instante de duda, ella levantó la mano. Cuando Tate la atrapó, se la llevó a los labios y la besó. Gemma no era la única que podía disimular gestos de cariño.

La ceremonia comenzó. Tate se concentró en eso, pensando que debían resultar convincentes en su representación. Pareció que los votos matrimoniales los decía otra persona y que era otra pareja la que intercambiaba las alianzas. Tate no se iba a dejar llevar por los sentimientos.

Muy pronto, llegó el momento de besar a la novia y fue entonces cuando Tate sintió que algo se desmoronaba en su interior. Había echado de menos besarla.

Consiguió mirarla profundamente a los ojos, consciente de que todo el mundo pensaría que aquella mirada significaba amor. Solo Gemma comprendería lo que él le estaba diciendo en realidad.

«Bésame como si significara algo».

Él bajó la cabeza y acercó los labios a los de ella. Estaban fríos. Mejor. Quería frialdad entre ellos. Aquel espectáculo no tenía nada que ver con la pasión. Solo tenía que ver con sellar los votos que acababan de compartir.

Entonces, los labios de Gemma temblaron ligeramente y, sin previo aviso, la boca de Tate adquirió vida propia. Ella separó los labios y su sabor inundó la boca de él.

Un fuerte ruido los separó, aunque a ambos les costó separarse. Sintió la misma sorpresa que vio reflejada en los ojos de Gemma antes de volverse para ver que Nathan había dejado caer su coche de juguete contra el suelo.

–Creo que tu hijo quiere que le prestes atención ahora a él –comentó una invitada. Todo el mundo se echó a reír.

La ceremonia se dio por terminada.

–A mí me parece lo mismo –afirmó Tate, aliviado de ignorar cómo la suavidad de los labios de Gemma se había apoderado de los de él. ¿Para realizar una representación?

No lo creía. Tampoco se alegraba de la parte que él había representado en aquel beso ni el modo en el que lo había afectado. Había pensado que era inmune a Gemma, pero acababa de descubrir que no lo era y lo fácilmente que podía volver a sucumbir ante sus encantos. Tendría que asegurarse de que no la besaba demasiado frecuentemente. Aquel día era la excepción.

–Es mejor que te acostumbres a las interrupciones –le dijo un tío acercándose a él acompañado de su esposa–. Mira, Gemma ya se está sonrojando.

Tate vio como, efectivamente, el rubor cubría ya las mejillas de Gemma.

–Mi cándida esposa… –bromeó él para que los ojos brillaran mientras entrelazaba un brazo con el de ella.

El fotógrafo oficial tomó un par de instantáneas. Después, los demás también se acercaron a darles la enhorabuena y, afortunadamente, Gemma y él se separaron unos instantes. Francamente, a él le sorprendía que hubieran acudido tantos invitados con tan poco tiempo, pero, por otro lado, a todo el mundo le gustaba tener algo de qué hablar.

En el extenso jardín se había instalado una carpa bajo la que se cobijaban mesas, sillas e incluso una pista de baile. Habían decidido que no sería un banquete de bodas formal, sino simplemente una ceremonia seguida de un bufé.

La madre de Tate se acercó a él, pero ya sin su nieto.

–¿Dónde está Nathan? –le preguntó.

–Bree está presumiendo de él.

Tate sonrió y vio como su hermana hacía que Nathan aplaudiera para algunos invitados.

–Ha sido una ceremonia preciosa, cariño.

–Sí –dijo él mirándola de nuevo–. Muy convincente.

–Me habría gustado mucho que los padres de Gemma hubieran podido estar presentes. Habría sido muy agradable que su padre la hubiera acompañado al altar.

–Ella insistió mucho en que no quería interrumpir el crucero que están realizando sus padres por el Mediterráneo.

–Hmm –comentó su madre–. Ahí hay algo raro…

Tate estaba completamente de acuerdo con el comentario de su madre, pero tenía demasiado en mente como para preocuparse sobre algo que no le interesaba.

–Eso es lo que Gemma quería, por lo que lo hemos respetado. No es asunto nuestro.

Darlene suspiró.

–¡Qué pena que Drake tampoco haya podido venir!

–Sí –mintió él.

No había llamado a su mejor amigo hasta hacía unos días. Había tenido la intención de decirle que era mejor que él no acudiera a la boda, pero antes de que pudiera expresarse, Drake le había deseado lo mejor y le había dicho que no podía acudir. Tate sabía que era el modo en el que Drake estaba demostrándole que era un buen amigo, pero a pesar de todo había sido un alivio.

–Dijiste que está en Japón –añadió su madre mientras que Gemma se unía a ellos.

–Drake está cerrando unas negociaciones muy importantes –dijo. Sintió que Gemma se quedaba helada.

Tate quería cambiar de tema. Inmediatamente.

–No obstante, es tu mejor amigo. Debería haber estado aquí.

Tate esbozó una sonrisa para su esposa y volvió a entrelazar el brazo con el de ella. Deseó que su madre guardara silencio.

–Todo está precioso, ¿no te parece, Gemma?

Durante un instante, pareció que ella ni siquiera podría esbozar una sonrisa. Al final, aunque débilmente, lo consiguió.

–Sí. Has hecho un trabajo estupendo, Darlene.

Darlene sonrió afectuosamente a su nuera.

–Gracias. Quería que fuera un día especial para los dos.

En ese caso, había sido una pena que hubiera mencionado a Drake. A pesar de todo, Tate se sentía muy sorprendido de lo bien que habían encajado Gemma y su madre. Aunque las dos mujeres no lo sabían, tenían mucho en común. Las dos habían traicionado a los hombres de sus vidas. Tal vez por eso su madre sentía debilidad por Gemma. Y tal vez esta lo presentía.

En aquel momento, Bree se acercó a ellos con Nathan en brazos. Afortunadamente. Tate no quería pensar en lo que había ocurrido entre Gemma y Drake. En aquellos momentos, ella era su esposa. No habría oportunidad para que, en el futuro, aquellos dos volvieran a reunirse. Él se aseguraría de ello.

Gemma fue a tomar a su hijo en brazos.

–Deja que lo cargue yo ahora –le dijo a Bree.

Fingió no haber oído cómo Darlene y Tate hablaban de Drake. Al menos ya sabía por qué Drake no había asistido a la boda. Menos mal. No había querido verlo en la ceremonia de su boda, pero no se había atrevido a hablar de él para que Tate no pensara que estaba interesada. Porque no lo estaba. En absoluto.

Su cuñada dio un paso atrás.

–No, no. Nathan está bien. Además, no quiero que te manches ese precioso vestido.

–No importa, Bree.

–No. Insisto. Además, Tate y tú tenéis que hablar con los invitados –dijo, como si quisiera recordarle el porqué se estaba celebrando aquella boda–. Estoy encantada cuidando a mi sobrino –añadió. Con eso, se marchó con Nathan en brazos.

Bajo otras circunstancias, Gemma habría ido tras Bree y le habría quitado al niño. Sin embargo, lo dejó pasar. Sabía que Bree realmente apreciaba al niño y que su cuñada tenía solo problemas con ella, no con Nathan. Cuando ella se lo había comentado a Tate, él le había dicho que su familia no la culpaba de nada, pero Gemma sentía que todos, a excepción de Darlene, se sentían molestos por el hecho de que les hubiera ocultado la existencia de Nathan. Darlene era la única que mostraba algo de compasión hacia ella y había tenido que pagar un precio por ello. Gemma había notado cierta tensión en el aire. Incluso Tate mostraba cierta reserva hacia su madre, aunque no comprendía por qué.

En aquel momento, dos señoras de cierta edad se acercaron a ellos.

–Ha sido una ceremonia preciosa –comentó una.

–Y un gesto adorable que te detuvieras para besar a tu hijo camino del altar –dijo la otra.

–Sí. Ha sido una inspiración –replicó Tate, dejando muy claro para Gemma lo que en realidad quería decir. Darlene también pareció percatarse, pero no dijo nada.

–Gracias –dijo Gemma–. Quería que Nathan también formara parte.

–Pues lo has hecho muy bien, querida.

–Es estupendo que ya tenga a sus padres juntos, ¿no os parece? –observó la otra señora.

Antes de que Gemma pudiera hablar, Darlene intervino y los alejó de ellas.

–Hay alguien allí a quien quiero que conozcáis los dos.

–Yo no besé a Nathan como parte del espectáculo –le espetó Gemma a Tate en voz baja–, a pesar de lo que tú, evidentemente, puedas pensar.

–¿De verdad? Con eso hiciste mucho más de lo que era tu obligación.

–No era una obligación.

–Eso es lo que dices tú.

–Muérete, Tate –dijo, sin poder contenerse.

Él pareció divertido.

–Te gustaría mucho, ¿verdad?

–¿Casada y viuda de ti en el mismo día? Me parece estupendo.

–No te mostrarás tan irónica cuando estemos los dos solos más tarde.

–¿Cómo... cómo has dicho?

–Nada –murmuró él–. No he dicho nada.

Le daba la sensación de que, como ella, Tate había hablado sin pensar. Había sido la clase de comentario que solían hacer cuando eran amantes. No lo habían hablado, pero sabía que Tate no se permitiría volver a desearla. El beso de boda había sido un gesto para la galería que no volvería a repetirse.

Se les acercaron más invitados. Gemma trató de comportarse relajadamente, pero se alegró cuando Tate se excusó para hablar con su abuela y su padre que estaban al otro lado de la sala. Bree se les acercó y, cariñosamente, Tate tomó a su hijo de los brazos de su hermana. El corazón de Gemma se detuvo durante un instante. Llevaba diez días observando a Nathan con Tate y no tenía duda alguna de que amaba a su hijo. Nathan también se había acostumbrado a su padre.

Aquellas cuatro generaciones de Chandler parecían estar muy relajadas y cómodas juntas.

Ella era la intrusa. Probablemente, jamás sería una parte verdadera de aquella familia. Añadido esto al hecho de que sus padres hubieran cortado toda relación con ella, Gemma se sintió como si el mundo entero la hubiera abandonado.

Todo el mundo menos su hijo. Nathan la amaba y la necesitaba como ningún otro. ¡Cómo habría deseado que todo fuera diferente con su propia familia! Por Nathan, incluso había llamado a sus padres para invitarlos a la boda con la esperanza de que la noticia les agradara. Después de no recibir respuesta, llamó al despacho de su padre y allí se enteró de que se habían ido de crucero por el Mediterráneo. Tenía que admitir que se había alegrado de que no pudieran venir. No estaba segura de que hubiera podido mantener las apariencias con ellos presentes. Le habían hecho demasiado daño. Estaba segura de que Tate sería mejor padre para Nathan de lo que los suyos habían sido para ella.

El llanto de su hijo la devolvió al presente. El pequeño estaba abrumado y demasiado cansado. El médico le había dicho que todo iba perfectamente después de la operación, pero Nathan podría estar aún algo molesto.

–Calla, cariño. Mamá está aquí –dijo mientras tomaba a su hijo en brazos–. Es su hora de la siesta –añadió mirando a los demás–. Lo llevaré arriba.

Estaba a punto de marcharse cuando el chófer de Tate apareció a su lado.

–Señor Chandler, los periodistas han llegado. Quieren saber cuándo usted y Gem... la señora Chandler, van a salir a verlos.

Gemma lanzó un gruñido interiormente. Sabía que

aquello era parte del trato, pero no en aquellos momentos.

–Diles que irán enseguida, Clive –dijo Jonathan Chandler antes de que Tate pudiera hablar. Entonces, su suegro fue a quitarle el niño de los brazos a Gemma–. Diremos a alguien que se lleve a este niño a la cama mientras Tate y tú hacéis lo que tenéis que hacer.

Gemma apartó inmediatamente al pequeño.

–Lo siento, Jonathan, pero tengo la intención de acostar a mi hijo personalmente.

–Pero los periodistas…

–Pueden esperar –afirmó Gemma. Nathan la necesitaba más que a nadie y a ella también le vendría bien un respiro.

–Gemma tiene razón, papá –dijo Tate, para sorpresa de Gemma–. Las necesidades de Nathan son más importantes. Los periodistas pueden esperar. No se van a marchar, desgraciadamente.

Jonathan miró a su hijo y luego a Gemma. Entonces, asintió.

–Está bien, hijo.

–Yo iré a hablar con ellos mientras Gemma sube con el niño –dijo. Entonces, la miró a ella–. Baja cuando hayas terminado.

Gemma se sintió muy agradecida de poder escapar, pero no estaba segura de que alguna vez tuviera fuerzas para enfrentarse a los periodistas. Ojalá aquel día terminara pronto.

Ya en su suite, le dio a Nathan un biberón y le cambió el pañal.

–Ya estás, cielo –susurró mientras lo metía en la cuna. Los ojos del niño se cerraron en cuanto su cabecita tocó la almohada.

Gemma estuvo observándolo unos minutos con todo el amor de su corazón. Hasta que no se dispuso a salir de la suite, no se dio cuenta de que tenía un dilema. Tate había comprado el intercomunicador más sofisticado que había encontrado en el mercado para que pudiera escuchar a Nathan en cualquier parte de la fiesta, pero ella no estaba dispuesta a dejar a su hijo a solas allí cuando la casa estaba llena de desconocidos.

Ni hablar.

Miró en el pasillo con la esperanza de ver a alguien que pudiera llevarle un mensaje a Tate, pero no había nadie. Incluso utilizó el interfono de la cocina, pero no respondió nadie. Seguramente todos estaban demasiado ocupados y ni siquiera lo oían. No le quedó más remedio que permanecer allí sentada y esperar. Tate terminaría subiendo a buscarla. Estaba segura. La necesitaba para las fotografías.

Unos quince minutos más tarde, alguien llamó a la puerta. Ella se apresuró a abrirla. Era Tate. La ira se le reflejaba en los ojos.

–¿Es esto una especie de protesta?

–No voy a dejar a Nathan aquí solo.

Tate la observó y asintió.

–Iré por Sandy para que suba a cuidar de él.

Sandy era la hija de Peggy y Clive.

Tate regresó diez minutos más tarde. Gemma y él volvieron a bajar la escalera. Ella tenía el brazo entrelazado con el de él como si el gesto fuera lo más natural del mundo.

–Antes has hecho una entrada espectacular.

Gemma no consentiría que él supiera que había estado muerta de miedo.

–Era lo que esperabas, ¿no?

–Sí. Definitivamente era lo que esperaba de ti.

A Gemma no le gustó el modo en el que él pronunció aquellas palabras.

–En realidad, fue tu madre quien me lo sugirió.

–¿De verdad?

Tate no dijo nada más. Gemma no estaba segura de lo que él pensaba sobre lo que ella le había dicho.

Por fin llegaron a la puerta principal. Todo estaba preparado.

–Solo van a ser un par de fotografías, ¿verdad?

Tate la miró con extrañeza. Entonces, le apretó el brazo.

–Sí, eso es todo. Yo responderé las preguntas, pero si te preguntan algo a ti, haz lo que puedas.

–Está bien.

Tate la estrechó contra su cuerpo.

–¿Estás lista?

Gemma se sorprendió con aquel gesto.

–Sí. Jamás estaré más lista que ahora.

No estuvo segura de cómo lo consiguieron, pero Tate y ella dieron la imagen de una pareja muy enamorada mientras se colocaban delante de la espectacular fuente que había en el jardín frontal de la casa y los periodistas hacían fotografías.

Entonces…

–Un beso para la cámara –sugirió un hombre.

Casi imperceptiblemente, el brazo de Tate se tensó bajo el de ella. Durante un instante, Gemma creyó que él iba a negarse. Ojalá. No quería revivir las sensaciones experimentadas en el último beso.

Entonces, él giró la cabeza hacia ella. La tomó entre sus brazos como si fuera el protagonista de una película.

Luces.

Cámaras.

Acción.

Incluso sabiendo que todo aquello era tan solo una actuación, Gemma sintió que se le hacía un nudo en la garganta. Se esforzó para que él no pudiera profundizar el beso en aquella ocasión, pero este se prolongó… Entonces, justo cuando ella empezaba a rendirse, él la soltó.

Los ojos de Tate no revelaban nada, pero Gemma notó que tenía algo de rubor en las mejillas. Este hecho, al menos, le hizo sentirse menos indefensa.

Con la facilidad de alguien que estaba acostumbrado a los flashes, él se dirigió de nuevo a los fotógrafos con una sonrisa en los labios.

–¿Os sirve con eso?

–¡Genial!

–¿Qué tiene la señora Chandler que decir al respecto? –preguntó una periodista.

Gemma trató de recomponerse. Tenía que seguir el juego. Si mostraba lo asustada que estaba de los focos, se la comerían en un santiamén.

Sonrió.

–Decididamente, la práctica conduce a la perfección.

Todos los presentes se echaron a reír mientras las cámaras se disparaban.

–¡Estupenda frase! ¿Y qué…?

Tate levantó la mano.

–Hemos terminado. Mi esposa y yo tenemos una boda de la que ocuparnos… y también una luna de miel.

–¿Y qué hay del premio? ¿Qué le parece?

Tate se detuvo a medio camino hacia la puerta.

–Estoy muy orgulloso de mi familia. Es un honor recibir un premio así.

–¿Y sobre...?

–Eso es todo, chicos –dijo.

Los dos entraron en la casa. Gemma sentía que las piernas le temblaban.

–Gracias a Dios que ya ha terminado todo –consiguió decir.

–Aún no hemos terminado –dijo él devolviéndola al presente–. Aún tenemos que regresar a nuestros invitados.

Gemma decidió que podría soportar el resto de la boda. Después de los periodistas, los invitados serían pan comido. Supo que se había equivocado cuando, un breve tiempo más tarde, terminó a solas con la abuela de Tate.

–Espero que trates bien a mi nieto –le dijo Helen Chandler, con la misma frialdad que su nieta Bree mostraba con Gemma.

–Mientras que Tate nos trate bien a Nathan y a mí, lo haré.

Helen inclinó la cabeza.

–Lo hará. Mi nieto conoce muy bien sus responsabilidades.

–Estoy segura de ello –afirmó Gemma. Después de todo, el sentido del deber de Tate era la razón por la que estaban allí en aquel momento.

Entonces, Helen pareció dudar.

–Tate se toma las cosas muy a pecho. Siente muy profundamente... como su padre.

Gemma tuvo la sensación de que la anciana estaba tratando de decirle algo. Cuando iba a preguntarle a qué se refería Tate apareció delante de ellas.

–Me temo que tengo que llevarme a Gemma, abuela. Todos esperan que bailemos.

Cuando estuvieron bailando delante de todos, Gemma comentó:

–Ahora sé de dónde lo habéis sacado tu hermana y tú.

–¿A qué te refieres?

–A esa actitud que tenéis. Jamás me van a perdonar, ¿verdad?

–Mi abuela tiene ya muchos años.

–¿Y Bree?

–Ella es joven, pero su experiencia está a años luz de la tuya.

Gemma se tragó aquella pulla. Tal y como Tate lo había dicho, parecía que se había estado acostando con todos los miembros del equipo de fútbol local.

–Mientras no le digan nada a Nathan, pueden mostrarse tan fríos como quieran conmigo.

–Te aseguro que nadie de mi familia hará daño a mi hijo.

–A nuestro hijo.

Tate ignoró la corrección. Siguieron bailando, pero aquella conversación le había dado qué pensar a Gemma. Se habían hecho los resultados de la prueba de paternidad, pero Tate no los había vuelto a mencionar. Podría ser que los resultados tardaran un tiempo en llegar. No es que estuviera preocupada. Sabía perfectamente que Nathan solo podía ser de Tate.

–Tus padres sentirán haberse perdido todo esto –dijo él sobresaltándola.

–Estoy segura de ello.

Tate frunció el ceño.

–¿Por qué dices que…?

–¡Ay! –exclamó para cambiar de tema.

–¿Qué es lo que pasa?

–Me has pisado –mintió.

Gemma no quería hablar de sus padres. Si hubieran asistido, ella seguramente habría terminado muy disgustada. ¿Por qué darle a Tate la oportunidad de criticarla aún más?

–¿De verdad? Vaya, lo siento. No había hecho algo así desde que era un adolescente.

–Tal vez estás volviendo a pasar por la pubertad –bromeó ella.

Tate se echó a reír y, durante un instante, parecieron estar en la misma onda. Como en los viejos tiempos. Sin embargo, no era así. Distaba mucho de ser así...

La música cesó. Tate la acompañó donde estaban sus padres. A Gemma le sorprendió darse cuenta de que estaban hablando sobre construir una valla en los jardines para evitar que Nathan pudiera caerse accidentalmente al lago. Solo por eso, ella sintió que su corazón se suavizaba hacia ellos y, de repente, lamentó haberles ocultado la existencia de Nathan. Por muy doloroso que pudiera ser estar casada con un hombre que la odiaba, se alegraba de que Tate hubiera aceptado a su hijo y de que Nathan tuviera personas a su alrededor que lo quisieran. Esto le proporcionaba a ella una enorme tranquilidad.

La fiesta fue terminando a medida que avanzaba la tarde y los invitados comenzaron a marcharse. Por fin, solo quedó la familia de Tate, pero no tardaron en marcharse. Los únicos que se quedaron, por supuesto, fueron Clive y Peggy.

Cuando subieron a la habitación de Gemma se encontraron a Nathan jugando con Sandy. En cuanto el niño los vio, echó a gatear rápidamente hacia ellos.

Tate dio un paso al frente y lo tomó en brazos. Este hecho hizo que Gemma se sintiera extraña. Siempre había sido ella quien había recibido el primer abrazo. El único. En realidad, nunca antes había habido competencia.

Sandy se marchó enseguida. Tate observó el vestido de novia de Gemma.

–Yo cuidaré de Nathan mientras te cambias.

Ella asintió y salió de la habitación. La semana anterior, Tate le había comprado un guardarropa completo de carísimas prendas, que por suerte eran de su agrado. Por supuesto, ¿qué mujer diría no a un nuevo guardarropa? Especialmente cuando las prendas de Gemma habían empezado a escasear.

Cerró la puerta y se puso unos pantalones negros y una camiseta de punto. No se podía negar la calidad de aquellas prendas, tan diferente de la de los vaqueros y camisetas que ella solía ponerse en su casa.

A partir de ese momento, su hogar estaba en la casa de Tate. Que Dios la ayudara.

Regresó a la otra habitación y encontró a padre e hijo jugando en el suelo. Tate se levantó y se dirigió inmediatamente a la puerta.

–Tengo un par de cosas que hacer. Llama a la cocina cuando estés lista para la cena. Peggy estará encantada de quedarse con Nathan si sigue despierto para entonces.

–¡Espera! Gracias, pero esta noche preferiría cenar aquí, si no te importa.

Una gélida mirada tiñó los ojos de Tate.

–Me importa.

–Tate, mira... ¿No me puedes dejar que tenga algo de tiempo para mí sola? Ha sido un día muy ajetreado –dijo ella a modo de excusa.

–Estaría encantado de permitírtelo, pero mi madre ha hecho que Peggy prepare una cena especial en el comedor pequeño, a saber por qué. Por lo tanto, vas a bajar y vamos a cenar juntos. Y así será en lo sucesivo. ¿De acuerdo?

Ella comprendió que Tate no iba a ceder. Asintió.

–De acuerdo.

–Entonces, te veré abajo a las siete. Si necesitas algo, llama a Peggy. Ella se asegurará de que Nathan y tú tengáis todo lo que necesitéis.

Con eso, se dio la vuelta y se marchó. Gemma se preguntó si podría superar aquella velada.

A las siete, Gemma bajó al más pequeño de los comedores. Para la ocasión, se había puesto un vestido. Decidió, con una cierta dosis de cinismo, que en ese sentido iba a ser una buena esposa. Obedecería las instrucciones que se le dieran y, en público, se mostraría tan cariñosa como fuera necesario para representar su papel. Nada más. Tate la había obligado a casarse con él. No iba a fingir que estaba contenta.

Tate la miró con aprobación, pero solo dijo:

–¿Está dormido?

–Sí. Está dormido.

Tate retiró la silla de la mesa para que ella pudiera sentarse. Gemma sintió que se le hacía un nudo en el pecho. La novedad que suponía llevar una alianza de boda hacía que esta le pesara en el dedo. Se la miró rápidamente. ¿Le resultaría a él igual de pesada?

Las bandejas en las que se presentaba la comida, contenían una amplia variedad de verduras y carnes asadas y un postre delicioso.

–Todo parece exquisito –dijo ella. Una suave música sonaba de fondo, pero no le resultaba tranquilizadora.

–Clive me ha contado que casi no había comida en tu apartamento.

Aquellas palabras la sorprendieron. No quería que él supiera que no disponía de mucha comida. Había vivido de latas y pan. Resultaba sorprendente lo que una persona podía hacer con una lata de judías.

–Te informa de todo, ¿verdad? –replicó ella aunque sabía ya la respuesta–. No tuve tiempo de comprar, eso es todo.

–Ahora deberías comer algo más –sugirió Tate tras mirarla–. Te vendría bien ganar un poco de peso –añadió. Entonces, la miró un instante más y levantó su copa–. Por nosotros.

–No tienes que brindar por nosotros ahora que estamos a solas. No se trata de una boda de verdad, Tate.

–¿No?

Aquella respuesta la dejó completamente helada.

–¿No querrás decir que…?

Tate dejó la copa sobre la mesa con rostro impasible.

–No. No me refería a eso en absoluto. Esta noche, no me voy a acostar contigo, Gemma. Ni esta noche ni ninguna otra. No sé si puedo.

–Yo no te he pedido que te acuestes conmigo, Tate, pero, al menos, déjame un poco de dignidad. Tal vez no sea la esposa perfecta, pero no tienes que hacerme sentir como si hubiera salido del arroyo.

–Lo siento. Simplemente no quería que pensaras que podías tentarme. Eso es todo.

Gemma consiguió esbozar una cínica sonrisa.

–Oh, créeme. Sé que no puedo tentarte, pero a mí tampoco me interesa así que puedes estar tranquilo, señor Chandler. Tu virtud está intacta.

–Me alegra que lo hayamos aclarado.

–Perfectamente.

Mientras cenaban no hablaron mucho, a excepción de algunas cosas sobre la boda. Tate mencionó que le había dado la noche libre a Peggy después de un día tan largo, pero Gemma no pensó en ningún momento que tuviera otros motivos.

La cena le pareció interminable, por lo que temió que tuvieran que celebrarla así todos los días. Solo conseguirían recordarle a otras cenas que habían compartido en el pasado cuando la conversación había sido fluida y había conducido directamente al sexo.

Por fin terminaron el postre. Ella estaba a punto de negarse a tomar café y marcharse de allí cuando Tate se sacó un sobre del bolsillo y lo deslizó por el mantel hacia ella.

–¿Qué es eso? –preguntó Gemma sorprendida.

–Los resultados de la prueba de paternidad.

El sobre estuvo a punto de caérsele de los dedos. Entonces, vio que estaba sellado.

–¿No lo has abierto?

–No.

–¿Por qué no?

–Quería demostrarte que me casaría contigo sin saber los resultados y sin aceptar tu palabra de ello. Así de seguro estoy de que Nathan es mi hijo.

–Entiendo.

Es decir, Tate no se había casado con ella porque la creyera, sino porque creía en sí mismo, en su instinto, que le decía que Nathan era su hijo. Nada más. Estaba diciendo que no confiaba en ella ni siquiera a pesar de que él mismo sabía la verdad.

–¿No vas a abrirlo, Gemma?

Ella dudó, no porque no supiera lo que iba a decir, sino porque aún estaba tratando de sobreponerse.

–A mí no me importa si lo abres o no –añadió él–. Los resultados siguen siendo los mismos.

Gemma tampoco tenía dudas, pero tenía que leerlo por el bien de Nathan. Lo abrió rápidamente y lo leyó. Entonces, le dio la hoja de papel a Tate.

Él lo aceptó y dijo:

–Es mío.

–Sí.

Tate asintió. Parecía contento, aunque no sorprendido. Entonces, comenzó a romper el papel primero por la mitad y luego en cuartos.

–¿Qué estás haciendo? –preguntó ella muy sorprendida.

–No necesitamos guardar ninguna prueba.

–¿Pero no quieres que tu familia sepa la verdad?

–Ya saben lo que tienen que saber. He dicho que es mi hijo y pueden ver que es así. No necesito mostrarles ninguna prueba. Mi palabra basta.

Debía de ser maravilloso tener una familia que cree en uno sin dudarlo. Sintió envidia de Tate por ello. Nathan iba a formar parte de esa familia. Más que nunca, en aquel momento sintió que había hecho lo correcto al casarse con Tate. Tal vez no lo amaba locamente, como pensaba que lo había hecho en el pasado, pero hacía falta ser un hombre muy especial para ofrecer matrimonio tan solo por el bien de un niño. Tate había empezado a amar a su hijo sin pruebas de que él fuera el padre. Solo por eso, una pequeña porción de su corazón siempre pertenecería a Tate Chandler.

Capítulo Cuatro

A la mañana siguiente, a Gemma no le sorprendió despertarse temprano. Nathan había dormido toda la noche de un tirón y ella se había quedado dormida en el momento en el que su cabeza tocó la almohada. Había dormido tan profundamente que seguro que había roncado. Menos mal que Tate no había compartido su cama.

Se levantó y fue a ver a Nathan. El niño seguía durmiendo. Ella se duchó y se vistió y, cuando estuvo lista, Nathan se había despertado y tenía hambre. Lo vistió rápidamente y bajó para buscar comida.

En la cocina, se encontró con Tate. Estaba tomándose un bol de cereales. Al verlo, el pulso de Gemma se aceleró, pero trató de ignorarlo. Llevaba diez mañanas viéndolo, pero hasta aquel momento, la atención de él había estado centrada en Nathan o en la boda o en los negocios. En aquella ocasión, el modo en el que la miró le dijo a Gemma que la había oído acercarse.

–Buenos días –dijo. Miró a su hijo y su mirada se iluminó, llenándose de la calidez que en el pasado había dirigido hacia ella–. ¿Cómo está esta mañana?

–Tiene hambre –respondió ella. No podía tener celos de su hijo, pero la reacción de Tate servía para recordarle de nuevo que las cosas habían cambiado mucho entre ellos.

–Está creciendo, ¿verdad, campeón? –comentó Tate.

Sonrió a su hijo con una indiscutible mirada de amor paterno.

Ella apartó la mirada. Todo aquello podría haber sido tan diferente... Debería haber sido tan diferente...

–¿No está Peggy esta mañana? –preguntó Gemma mientras se disponía a prepararle los cereales a su hijo.

–Clive iba a llevar a su hija de vuelta a la ciudad, por lo que le dije a Peggy que se fuera con él y se tomara el día libre. Regresarán esta tarde. Le aseguré que podríamos cuidarnos solos.

–Estoy segura de ello.

–¿Quieres darme a Nathan mientras le preparas el desayuno?

–No hace falta –replicó ella–. Termina tú el tuyo. Lo dejaré en la trona.

Tate apartó el bol y se dirigió hacia ellos.

–Me gustaría mucho tener en brazos a mi hijo, Gemma.

Aquella demostración de su faceta más paternal provocó una extraña sensación en ella. Le entregó a Nathan sin decir una palabra y fue a calentar la leche. Al menos, Tate no escatimaba muestras de afecto en lo que se refería a su hijo.

–¿Quieres darle de comer? –le preguntó.

Tate la miró muy sorprendido.

–Claro. Gracias.

–Está bien –dijo ella–. Lo primero que tienes que hacer es colocarlo en la trona –le instruyó. Esperó a que él le colocara el cinturón y, entonces, le dio el bol y la cuchara–. Ahora, dáselo poquito a poco en la boca. Ya me has visto hacerlo. Es muy fácil.

Tate tomó una cucharada y dudó. Gemma tuvo que sonreír. Resultaba sorprendente que aquel exitoso hombre de negocios, que rezumaba seguridad en sí mismo por todos los poros de la piel, pareciera nervioso.

–Está esperando el desayuno –señaló ella.

Aquel comentario puso a Tate en movimiento. Acercó la cuchara a la boquita del niño. Nathan abrió inmediatamente la boca.

–Eh, esto es muy fácil.

Gemma se echó a reír.

–Claro que lo es.

–Evidentemente, es un niño muy fácil –comentó guiñándole un ojo a ella–. En eso debe de parecerse a mí.

Gemma no estaba segura de quién se sorprendió más con aquel gesto, si Tate o ella. Estaba convencida de que no era algo que hubiera hecho intencionadamente, en especial cuando desvió los ojos de nuevo para seguir dándole de comer al niño.

A pesar de todo, resultaba agradable tener un ambiente relajado entre ellos, aunque solo fuera durante unos minutos.

–Sí, bueno, ahora tiene hambre. Deberías probar a darle de comer cuando no la tiene.

–Eso no me lo puedo creer –dijo Tate mientras metía otra cucharada en la boca de su hijo.

–Pues has dicho que se parece a ti… –bromeó ella.

–¿Estás sugiriendo que mi hijo y yo somos testarudos?

–«Obstinados» es la palabra que yo habría utilizado.

–Venga ya…

De repente, fue como en los viejos tiempos. Estaban charlando, pero conscientes el uno del otro. Gemma estaba lo suficientemente cerca como para ver la atracción que se despertó en los ojos de él.

Tate fue el primero en romper el contacto visual. Se volvió a su hijo.

–¿Cuáles son tus planes para esta mañana? –preguntó él. Su voz era neutral, como si la camaradería de instantes antes no hubiera existido nunca.

Una profunda desilusión se apoderó de ella, seguida de una ira dirigida hacia sí misma. ¿Por qué sentirse desilusionada porque aquel breve instante de unión había desaparecido? No podía compensar el resto de asuntos pendientes que había entre ellos.

El resto de sus vidas.

Además, la pregunta había sonado como si él no estuviera esperando compartir tampoco el día con ella, lo que era un alivio. Con Tate cerca, no podía ser ella misma.

–Había pensado en llevar a Nathan a dar un paseo por los jardines y el lago. Hace un día muy bonito.

–Buena idea. Necesita aire fresco y sol. Sé que Nathan aún no puede nadar –dijo él recordándole a Gemma que el médico había dicho que era mejor esperar un poco antes de meter a Nathan en el agua y que incluso entonces tendría que ponerse un gorro especial para taparse las orejas–, pero la piscina está a tu disposición. No estamos aún en verano, pero está climatizada y no tendrás frío.

–Gracias –contestó ella sorprendida por su consideración–. Será agradable poder nadar un poco sola.

En cuanto pronunció aquellas palabras, se arrepintió de haberlo hecho. ¿Acaso pensaría Tate que estaba sugiriendo que él se bañara con ella?

–Gemma, ¿te das cuenta de que tenemos que quedarnos aquí durante toda la semana para que nadie empiece a sospechar?

–Sé que no quieres estar conmigo, Tate. No tienes que decírmelo constantemente.

–Estás dejando pasar algo por alto. Esto no tiene nada que ver con nosotros. Estoy haciendo esto por el bien de mi familia y, a la larga, por el de Nathan. Pensaba que tú también.

Gemma suspiró.

–Sí, por supuesto que sí.

–Entonces, ¿cuál es el problema?

Gemma sintió un vacío en el corazón, pero decidió ignorarlo.

–No hay problema alguno. Estás viendo problemas donde no los hay.

Tate la miró fijamente. Evidentemente, no le había gustado aquella respuesta. Entonces, le dio a Nathan la última cucharada de cereales y se puso de pie.

–Estaré en el despacho toda la mañana.

La frialdad había vuelto.

Sin embargo, cuando se disponía a marcharse, se detuvo para revolverle el cabello a su hijo. Gemma vio el gesto y se dio cuenta de que Tate tenía razón. Durante un instante, se había olvidado de la razón de su matrimonio. Lo habían hecho por Nathan. Simplemente tendría que acostumbrarse a que no hubiera nada para ella.

Cuando estuvo en el despacho, Tate trató de concentrarse en un grueso informe financiero, pero no tardó en rendirse. Se levantó y se dirigió a la ventana. No hacía más que pensar en Gemma.

Por mucho que odiara admitirlo, la deseaba. La deseaba desesperadamente. Eso era lo único que había entre ellos. Deseo. Un deseo como no había otro igual.

¿Cómo era posible que siguiera deseando a una mujer que lo había utilizado tal y como Gemma lo había hecho? ¿Cómo podía exorcizarla de su sistema cuando ella formaba parte de su vida? Tenía que ignorar el deseo. Rechazarlo como lo había hecho la noche anterior durante la cena y una y otra vez aquella mañana en la cocina. No podía olvidar haberla visto besando a Drake hacía dos años. El recuerdo estaba tatuado en su memoria. A pesar de que la belleza de Gemma pudiera bloquearlo temporalmente, siempre regresaba. El futuro se presentaba muy negro.

Todo había sido culpa de ella. Entonces, ¿por qué se sentía tan mal al respecto?

¡Mujeres!

Amaba a su madre, pero ella también había defraudado a su padre. Igual que Gemma lo había hecho con él. No había podido volver a confiar en su madre e, igualmente, no estaba seguro de que pudiera aprender a confiar en Gemma.

Vio que ella iba empujando la sillita del niño en dirección al lago. Sintió deseos de salir a acompañarlos y no tenía nada que ver con la imagen de las largas piernas de Gemma embutidas en los estrechos vaqueros. Que Dios lo ayudara si decidía ponerse un traje de baño y utilizar la piscina. Conocía cada centímetro de su hermoso cuerpo, recordaba claramente el sabor delicioso de su piel y los sonidos que emitía cuando estaba debajo de él o el contacto celestial cuando estaba dentro de ella.

De repente, recordar le resultó insoportable.

Tenía que concentrarse en otras cosas. Nathan. El

niño era su hijo. No había necesitado pruebas de paternidad para saberlo. El vínculo simplemente había existido. Sin saber por qué, lo había sabido.

De igual modo, supo que si iban a pasar allí toda la semana, el niño tendría que estar ocupado. Lo que él tenía que hacer era concentrarse en las necesidades de Nathan y en las suyas propias.

Nathan aún no podía nadar por sus oídos, por lo que le pareció que un arenero y unos cuantos juguetes serían lo más adecuado. Se dirigió a su ordenador y buscó la página web de una juguetería de la ciudad. Aquello era mucho más interesante que leer su maldito informe.

Después de que Gemma hubiera ordenado la cocina, cambió de ropa a Nathan, aplicó crema solar al niño y a ella misma y salieron de la casa.

Los rayos del sol la ayudaron a olvidarse de todo. Aquello era tan hermoso…

El lago era aún más maravilloso de cerca. Estaba en parte rodeado de árboles y tenía un cenador muy cerca. A lo largo de la orilla, los altos juncos ocultaban los nidos de los cisnes que se deslizaban silenciosamente sobre el agua.

Sacó a Nathan de la sillita y lo llevó al borde del agua para mostrarle los cisnes. Entonces, escuchó un ruido en un grupo de árboles cercano. Se giró hacia el sonido pensando que era Tate, pero se desilusionó mucho al ver que se trataba de un adolescente que llevaba su caballo hacia el lago. Al verla, el muchacho se sobresaltó.

–Oh, lo siento. No sabía que hubiera nadie más aquí. Me llamo Rolly –dijo el muchacho–. En realidad, es Roland. Mi padre trabaja para la gente de la casa. Yo le echo una mano. Me dejan ejercitar a los caballos.

–Soy Gemma –comentó ella relajándose un poco–, y este es mi hijo Nathan.

–He oído que hubo una boda aquí ayer. ¿Tate no está con usted?

Gemma se puso inmediatamente en guardia y se dio cuenta de que, desde allí, no se la podía ver desde la casa. El joven no parecía peligroso, pero, ¿quién podía asegurarle que aquel Rolly era realmente quien decía ser? Podría ser un periodista y, aunque no lo fuera, no iba a decirle mucho.

–Tenía que hacer una llamada de teléfono, pero vendrá pronto.

–Por si se lo está preguntando, se me permite traer aquí los caballos para que beban. El señor Chandler me dijo que podía.

–¿Se refiere a Jonathan?

–No. A Nathaniel. Era un buen hombre –comentó el muchacho con expresión triste–. Solíamos jugar al ajedrez en ocasiones cuando estaba aquí.

–Estoy segura de que puedes seguir haciendo lo mismo hasta ahora.

–Gracias –respondió el muchacho con una sonrisa.

Ella sonrió también, agradecida de ver una sonrisa verdadera. Llevaba dos semanas poniendo buena cara o mostrándose valiente cuando no se sentía así en absoluto.

El caballo se dirigió hacia el agua y comenzó a beber.

–Bueno, es mejor que me vaya para ver qué es lo que está reteniendo a Tate. Me alegra haberte conocido, Rolly.

–Lo mismo digo, Gemma –dijo–. Yo vengo aquí casi todos los días a esta hora. Por si quieres un poco de compañía.

–Lo tendré en cuenta –dijo ella. Se dirigió hacia la sillita para atar a Nathan–. Puedes quedarte lo que quieras –añadió cuando se incorporó.

–Está bien. Gracias de nuevo.

Gemma regresó a la casa con paso más ligero. Era una tontería, pero realmente se sentía como si hubiera hecho un amigo, alguien que no tenía una conexión con los Chandler. Se sentía aliviada y decidió no estropearlo mencionándoselo a Tate. De todos modos, probablemente a él no le interesaría.

Cuando entró en la cocina, todo estaba en silencio. Se sorprendió mucho al ver que había pasado una hora. No se veía a Tate por ninguna parte. Se preparó una taza de café y le dio a Nathan una galleta y una bebida. Se fueron a una pequeña salita y allí el niño se puso a gatear por el suelo y a jugar con unos tarros de plástico que ella había encontrado en la cocina.

Cuando el niño empezó a sentirse cansado, ella lo llevó al dormitorio y lo metió en la cama. Volvió a bajar con el escucha bebés y regresó a la cálida salita en la que había estado con Nathan. Se sentó en una butaca y comenzó a leer una revista. Después de un rato, el sol hizo que le entrara sueño. Cerró la revista y se recostó sobre la butaca. Entonces, cerró los ojos durante un momento...

Una cálida mano le tocó en el hombro para despertarla. Se encontró de frente con los azules ojos de Tate. La intensa mirada que él tenía hizo que se preguntara cuánto tiempo llevaría allí observándola. En aquel instante, todo lo que habían compartido regresó de nuevo.

La excitación, la adrenalina, el dulce tormento de darse placer mutuamente. Sintió una extraña sensación en el estómago. Se incorporó rápidamente y, afortunadamente, él dio un paso atrás. El momento quedó perdido.

–Son las doce y media –dijo él.

–Supongo que quieres almorzar –repuso ella mientras se incorporaba y se arreglaba el cabello.

–Sí, pero no te estoy pidiendo que lo prepares. Ahora eres mi esposa, Gemma, no mi criada.

–Bien. En ese caso iré a ver cómo está Nathan. No debería tardar mucho en despertarse.

Tomó el intercomunicador y se marchó.

Cuando volvió a bajar acompañada de Nathan, Tate ya tenía el almuerzo preparado en la cocina.

–¿Por qué no le das primero de comer a él y luego almorzamos nosotros? –sugirió Tate. Ella asintió

Cuando terminó de comer, Nathan comenzó a jugar con una cuchara mientras Tate y ella almorzaban una ensalada y fiambre. Entonces, Tate la sorprendió diciéndole:

–Por cierto. Tengo una entrega que llega esta tarde.

–¿Una entrega?

–Sí. Para Nathan. Necesita juguetes.

–Pero si ya tiene juguetes.

–No tiene una zona de juegos en el jardín. He encargado un arenero con forma de pez, un cubo y una pala, un coche de juguete, un cortacésped de juguete y otras cosas que le gustarán.

–¿Otras cosas? –preguntó ella asombrada. ¿Qué era lo que había pedido?

–Sí. Un cubo de plástico con bolas, un centro de actividades, pero esos son para el interior. También hay un par de cosas más. Es sorprendente lo que uno puede encontrar en las jugueterías hoy en día. Muy educativo. He pedido dos de cada, uno para aquí y otro para cuando regresemos a la ciudad.

–¿Has comprado la tienda entera? –bromeó ella.

–¿Te estás burlando de mí?

Aquella afabilidad le resultaba desconcertante, pero ella ocultó el sentimiento con una sonrisa.

–Nunca.

–Crees que es demasiado, ¿verdad?

–Bueno, sí. Un poco. Nathan ni siquiera anda todavía.

–Pero lo va a hacer muy pronto… ¿No?

–Sí. Me han dicho que lo normal es que empiecen a andar sobre esta edad, pero cada niño es diferente. Lo hará a su tiempo. Aún podría tardar un poco.

–Claro. Ya andará. Los juguetes llegarán sobre las cinco. Desgraciadamente, no he podido conseguir que los traigan antes.

–¿Cuándo hiciste el pedido?

–No hace mucho.

¿Y esperaba que llegara solo en unas pocas horas? Siempre le había sorprendido lo rápidamente que él podía comprar cosas.

–También voy a hacer que papá ponga una valla alrededor de la piscina.

–¿Le importará a tus padres lo de la zona de juegos?

–En absoluto. Seguramente ya se les ha ocurrido. Y también han dicho que quieren poner una valla alrededor del lago, ¿te acuerdas? De todos modos, eso no tendrá importancia hasta que empiece a andar.

A Gemma le gustaba que se mostrara tan protector con su hijo.

Después de almorzar, Tate se dispuso a recoger la

mesa, pero ella se lo impidió. Necesitaba algo que hacer mientras él regresaba a su estudio. No estaba acostumbrada a no tener nada que hacer. Siempre había estado trabajando y, en aquel momento, lo único que tenía que hacer era esperar a que llegara un pedido de juguetes.

Se recordó que estar con Nathan era lo que siempre había deseado. Dado que ya podía hacerlo, no pensaba ni desperdiciar un minuto.

La tarde pasó volando. Justo antes de las cinco, llegó el camión de reparto. Tate le dijo al hombre que fuera a la parte trasera de la casa. Desde la salita, madre e hijo observaron cómo Tate ayudaba a descargar un enorme arenero de plástico.

No tardaron en bajar el resto de los objetos. Vio como Tate hacía preguntas a los del reparto. No pudo evitar notar que, para ser una persona que había nacido en una familia muy adinerada, se llevaba muy bien con las personas de todos los niveles.

Cuando oyó que el camión se marchaba, Gemma estaba sentada en la cocina dándole de cenar a su hijo. Un par de minutos más tarde, Tate apareció en la puerta.

–Oh –dijo. Parecía desilusionado–. Está cenando.

–Lo siento. Suele cenar a estas horas y no quería esperar más.

–Has hecho bien –afirmó él–. Necesito una ducha –añadió señalando las manchas que tenía en la ropa.

Al imaginarse el agua cayéndole por el cuerpo, ella se sonrojó. Apartó la mirada y siguió alimentando a Nathan mientras trataba de olvidarse de las ocasiones en las que había compartido una ducha con Tate.

–Mmm, podemos cenar sobre las siete –susurró.

Pasaron unos segundos y ella levantó la mirada. Tate estaba mirando con intensidad las ruborizadas mejillas de ella–. Después de esto, voy a darle su baño –añadió, tratando de ocultar aquel momento de incomodidad.

La expresión de él cambió.

–Si no te importa, me gustaría bañarlo yo.

–¿Que quieres bañar a Nathan?

–Claro. Sé que estos últimos días no he estado tan disponible como me hubiera gustado, pero eso va a cambiar.

Gemma quiso preguntarle por qué. Los dos sabían que podría haber pasado más tiempo con su hijo aquel día y los dos sabían por qué no lo había hecho. Había estado evitando pasar tiempo con ella.

–En cualquier caso –añadió él–, hoy he terminado unos asuntos pendientes, por lo que mañana Nathan y yo podremos pasar más tiempo juntos.

Tiempo con su hijo.

No con su esposa.

–Estoy segura de que le gustará –comentó ella tratando de mantener un tono de voz neutral.

–Tal vez iremos a dar un paseo en coche.

–¿Nathan y tú?

–Y tú también –contestó él frunciendo el ceño.

–Oh.

Gemma no había esperado aquella respuesta. Una inesperada alegría se apoderó de ella, aunque sabía que no debía hacerse esperanzas.

Una sombra cruzó el rostro de Tate. Entonces, se dio la vuelta.

–Iré a darme esa ducha ahora mismo –musitó. Entonces, salió de la cocina sin mirar atrás.

Gemma esperó a que se marchara para dejar que

la tensión desapareciera de su cuerpo. Había pensado que, dadas las circunstancias, la pregunta era razonable, pero él había parecido sorprendido.

Siguió alimentando a Nathan y, de repente, comprendió que Tate había sugerido que hicieran algo juntos aunque no se trataba de cara a la galería. Era casi como si la hubiera invitado a ella a dar un paseo en coche. Casi como si no le importar estar a solas con ella. ¿Significaría aquello que estaba empezando a confiar en ella?

¿Por qué de repente aquel pensamiento hacía que ella se sintiera tan bien?

Tate estaba bajo la ducha con la esperanza de que el agua pudiera deshacer el nudo que se le había formado en el vientre. ¿De verdad creía Gemma que al día siguiente la iba a dejar sola en casa y que él se marcharía a solas con Nathan? ¿Cómo podía haber pensado que no estaba invitada? Era la madre de su hijo, por el amor de Dios. No la dejaría sola. Además, no estaría bien. Ella era su esposa y tenían que representar sus papeles.

¿Qué clase de persona creía que era él? Tragó saliva. Lo sabía perfectamente. Sin embargo, a pesar del modo en el que se había producido su ruptura, solo tenía que mirar a los ojos azules de Gemma para sentirse como una mala persona.

Podía enfrentarse a su ira. E incluso a su dolor. Todo eso se lo había ocasionado ella sola. Sin embargo, en ocasiones veía mucho más en aquellas hermosas profundidades.

El recuerdo de lo que había sentido por ella lo sacudió. ¿Por qué aquella mujer en particular? No lo entendía. Deseó poder ignorar el deseo que sentía hacia ella, pero no era posible. Mientras tanto, solo podía hacer una cosa.

Enfrió su caldeada sangre con agua fría hasta que se volvió hielo. Cuando se hubo vestido, estaba listo para cualquier cosa. Hasta que fue a la otra suite, atraído por el sonido del agua corriente. Se detuvo en seco en la puerta, observando cómo Gemma echaba gel de baño con una mano mientras removía el agua con la otra. Se había quitado los zapatos.

La visión de aquel trasero tan hermoso hizo que él deseara acariciarlo. Dios... Recordaba como cada uno de los carrillos le cabía perfectamente en la mano cuando pegaba el cuerpo desnudo de Gemma contra el suyo. Estaban un poco más redondeados que antes, pero Gemma había sido madre desde la última vez que estuvo con ella...

Tosió, más por sí mismo que para alertarla a ella de su presencia. Si no, podría haberse quedado allí toda la noche, admirando la vista.

Gemma miró por encima del hombro.

–Has vuelto –dijo mientras colocaba la botella de gel sobre el lavabo. Entonces, se incorporó. Tenía las mejillas muy sonrojadas.

–Listo para la hora del baño –bromeó él, aunque la voz le salió demasiado ronca.

Ella le miró el torso y luego volvió a mirarle la cara.

Las miradas de ambos se encontraron.

–Voy por Nathan –dijo ella pasando por delante de él para ir a buscar al niño.

Tate no habría tenido que hacer un gran esfuerzo para estrecharla contra su cuerpo, o empujarla contra la puerta y besar cada centímetro de aquella cremosa piel.

No lo hizo. La siguió, observando cómo ella miraba con cierto nerviosismo por encima del hombro mientras tomaba a Nathan en brazos. Durante unos segundos, la tensión sexual que había entre ellos estuvo muy presente.

Con bastante esfuerzo, Tate consiguió dejarla a un lado.

–Le gusta el baño, ¿verdad?

Sin duda muy aliviada por el cambio de tema, Gemma comenzó a desnudar al bebé.

–Le encanta. Siempre llora cuando lo saco.

Gemma se concentró en su hijo. Le colocó un gorro especial para protegerle los oídos antes de entregárselo a Tate.

–Ahí lo tienes –dijo–. Voy a ver si el agua está a la temperatura adecuada.

Tate la siguió y, una vez más, no pudo evitar fijarse en su esbelta figura cuando se inclinó sobre la bañera.

–Perfecta –anunció ella mientras se incorporaba–. Puede que te mojes la ropa.

–No importa.

La tensión pareció reflejarse de nuevo en los ojos de Gemma. Afortunadamente, Nathan comenzó a retorcerse e insistió en reclamar la atención. Tate lo colocó suavemente en el agua y se arrodilló sobre la alfombrilla mientras notaba cómo Gemma se alejaba lo suficiente.

Comenzó a bañar al niño y, muy pronto, se vio inmerso en juegos infantiles con él.

–Esto es muy divertido –musitó, casi para sí mismo.

–Pareces sorprendido.

–No sabía que podía ser así –dijo, mirándola. Sintió que una fuerte emoción le atenazaba el pecho, por lo que volvió a bajar la cabeza. No quería que ella viera lo mucho que aquello le estaba afectando.

–Es maravilloso –dijo ella suavemente, como si supiera lo que él estaba sintiendo.

–Sí. Maravilloso –repitió él sin levantar la cabeza.

Siguieron jugando un rato. Por mucho que lo estuviera disfrutando, se estaba empezando a dar cuenta de lo agotador que podía ser un niño. Debía de haber sido muy duro para Gemma trabajar y cuidar a su hijo sola. A pesar de la animosidad que sentía hacia ella, tenía que admitir que había empezado a sentir una creciente admiración hacia ella.

–Seguramente el agua ya está fría –declaró ella mientras preparaba la toalla.

–Sí –afirmó él tras meter una mano. Entonces, se dispuso a quitar el tapón.

–¡No!

–¿Qué pasa?

–El sonido del agua pasando por el desagüe lo asusta.

Tata no pudo contener una pequeña carcajada.

–¡Qué gracia!

–No pensarías lo mismo si lo oyeras gritar como si fuera a echar los pulmones por la boca.

Tate sacó a Nathan del baño para que Gemma lo envolviera en la esponjosa toalla. Luego, se lo devolvió a su padre.

–Puedes terminar el trabajo mientras yo recojo todo esto.

–No estoy seguro de quién se lleva la mejor parte del trato –comentó él, tratando de no demostrar la falta de confianza que tenía en sus habilidades para cuidar a un niño.

–Bueno, algún día tendrás que aprender…

Tate miró a su hijo y luego volvió a mirarla a ella.

–Te pago mil dólares si lo haces tú.

Gemma se echó a reír alegremente, lo que provocó un extraño efecto en el pulso de él.

–Ni lo sueñes.

Tate le miró la boca. La sonrisa de Gemma se heló en sus labios. Rápidamente, se dio la vuelta hacia la bañera.

–Será mejor que termine de limpiar aquí.

Tate se detuvo un instante antes de avanzar hacia el dormitorio.

–Cerraré la puerta para que no te oiga vaciar la bañera.

–Gracias.

Tate cerró la puerta y llevó al niño al cambiador.

–Muy bien, campeón. Vamos a vestirte.

Le dio al niño un juguete y siguió hablando para que él no pudiera escuchar cómo el agua salía por el desagüe. Aún estaba de pie junto al cambiador, cuando vio que se abría la puerta del cuarto de baño. Miró a Gemma con alivio y admitió la derrota.

–Necesito tu ayuda.

–¿Con qué?

–Por favor, enséñame cómo se pone un pañal. Me resulta imposible.

–Para empezar –dijo ella, con una discreta sonrisa–, lo tienes al revés.

–¿De verdad?

–Y has arrancado el adhesivo.

–Claro. Estaba tratando de darle la vuelta

Ella sacudió la cabeza.

–Apártate –le ordenó. Con un rápido movimiento,

agarró otro pañal de la caja, lo abrió, levantó el trasero de Nathan y le colocó el pañal debajo–. ¿Ves? Así es como…

Tate se estaba concentrando en las explicaciones cuando algo cruzó el aire y fue a caer sobre el torso de él.

–¿Qué demonios…?

Gemma parpadeó y se echó a reír. Tate se miró la camisa. Hacía unos instantes había estado húmeda, pero en aquel momento estaba empapada. Ella se echó a reír mientras terminaba de colocarle el pañal al niño.

Tate también le vio la gracia a lo ocurrido.

–Supongo que eso es lo que ocurre cuando tienes un niño.

Gemma comenzó a reírse cada vez con más ganas.

–Dios mío… –susurró, riéndose–… deberías… haber visto… el gesto que se te ha puesto en la cara…

Tate tuvo que reírse también.

–Deja de reírte, Gemma.

–No… no puedo.

La risa de Tate fue cada vez más fuerte hasta que los dos comenzaron a reírse juntos a carcajadas. Parecía que había pasado una eternidad desde que los dos compartieron algo tan divertido.

–Siempre he pensado que tenías una risa muy bonita –murmuró él–, incapaz de detenerse.

Ella se tranquilizó un poco y se humedeció el labio superior con la lengua.

–¿De verdad?

Tate miró fijamente aquella punta rosada.

–Estoy seguro de que ya te lo he dicho antes.

–No. Me acordaría….

De repente, entre ellos había algo más que el amor que sentían por su hijo.

–¿Sí?

–Sí.

Pasaron algunos segundos. Tate sabía que su cabeza se iba bajando poco a poco hacia la de ella. No podía detenerse. Entonces, Nathan hizo sonar su juguete y los dos se sobresaltaron. Gemma rápidamente centró de nuevo la atención en su hijo.

Tate lanzó un suspiro. Se habían estado poniendo demasiado íntimos. Dio un paso atrás.

–Iré a cambiarme de camisa.

–Y yo meteré a Nathan en la cama. Entonces, iré a ver cómo va la cena.

–Bien –respondió él. Para ese momento, estaba convencido de que ya habría recuperado su frialdad de siempre.

Sin embargo, cuando regresó a su dormitorio trató de analizar lo que estaba ocurriendo entre Gemma y él. No quería desearla, pero ella no hacía más que derribarle sus defensas. Su única excusa era que compartir un hijo estaba afectándole demasiado y estaba ocasionando la tensión que había entre ellos.

Ninguno de los dos deseaba aquello…

Pero los dos lo querían…

Capítulo Cinco

Gemma soñó que Tate le estaba diciendo que tenía una risa muy bonita y... y estaba a punto de besarla... salvajemente...

Entonces, abrió los ojos y sintió una profunda desilusión. Tate no estaba a punto de besarla. Ya era por la mañana. Estaba en la cama. Y Tate no estaba a su lado.

Era culpa de Tate que hubiera estado soñando toda la noche con él. La noche anterior había estado a punto de besarla después de que bañaran a Nathan. Él había sentido la tentación a pesar de que anteriormente había afirmado que no era así.

Por supuesto, cuando bajaron a cenar él dejó muy claro que no iba a volver a permitir que ella se le acercara tanto. Habían cenado y luego él se había marchado al despacho mientras ella veía una película. Sola. La sala de cine no era la más grande de la casa, pero a ella le había parecido enorme. Se preguntó si Tate mantendría su promesa de llevarlos a los dos a dar un paseo en coche.

Oyó que Nathan se reía desde la otra habitación. Se levantó inmediatamente de la cama y encontró a su hijo sentado en el suelo jugando con Tate. Este parecía tan tranquilo y relajado... El Tate de antaño.

Entonces, él la miró y la cautela volvió a aparecer en sus ojos.

–¿Te hemos despertado?

–Sí, pero de todos modos ya era hora de levantarse.

–Estabas durmiendo muy tranquilamente –comentó él mientras observaba la bata de seda que ella llevaba puesta.

–Estaba muy cansada.

–¿Te encuentras bien?

La preocupación que él demostró hacia ella la sorprendió y la agradó profundamente.

–Sí, después de haber dormido toda la noche.

Aquello sería algo que ella no habría conseguido hacer si él hubiera estado compartiendo la cama con ella. Como si Tate le hubiera leído el pensamiento, la miró de un modo que pareció acrecentar aún más la tensión que había entre ellos.

Gemma necesitaba algo a lo que aferrarse para romper el silencio.

–Debería cambiarle el pañal al niño.

–Ya lo he hecho yo.

Gemma no podría haber hecho una broma al respecto aunque la vida le hubiera ido en ello. Apartó la mirada de él y trató de recuperar la compostura.

–Si pudieras cuidarlo un rato más, me iré a dar una ducha para poder bajar luego a darle el desayuno.

–Claro. Me lo bajaré yo –dijo Tate poniéndose de pie y tomando en brazos al niño–. Por cierto, Peggy y Clive ya han vuelto.

–¿Sí?

–Sí. Estaremos en la salita. Tómate tu tiempo.

Cuando Tate se hubo marchado, Gemma respiró profundamente y se fue rápidamente a la ducha. Era mejor que Peggy y Clive hubieran regresado. Tener otras personas en la casa podría difuminar un poco la creciente tensión que había entre ellos. Es decir, si volvían a perder el control, aunque no esperaba que fuera así. Tate no lo permitiría. Lo había dejado muy claro.

Sin embargo, se preguntó qué pensaría la otra pareja de que los dos tuvieran dormitorios separados. Antes de la boda, tal vez no les hubiera extrañado, pero después dejaba muy claro que Tate y ella estaban teniendo problemas.

Quince minutos más tarde, Gemma llegó a la salita. Nathan estaba en su trona, junto a Tate. Los dos encajaban tan perfectamente que a ella le habría gustado abrazarlos a ambos. Se contuvo y se limitó a besarle la cabecita a su hijo. Entonces, se sentó a su lado.

–Lo has hecho muy bien –le dijo a Tate mientras señalaba la tostada que el niño se estaba comiendo.

–Yo no tengo el mérito. Ha sido idea de Peggy.

Justo entonces Peggy entró en la salita con una cafetera. Estuvieron charlando unos minutos antes de que la mujer volviera a marcharse. Gemma se sirvió unos cereales y comenzó a comer mientras miraba a Nathan y trataba de no mirar a Tate.

–Hoy está comiendo muy despacio, ¿verdad? –comentó Tate después de un par de minutos.

–Te mueres de ganas por enseñarle el arenero, ¿verdad?

–¿Tanto se me nota? –preguntó él con una sonrisa.

–Sí –bromeó ella.

Como si hubiera estado siguiendo la conversación, Nathan arrojó el trozo de tostada al suelo. Tate se puso inmediatamente de pie.

–Yo diría que ha terminado, ¿no?

–Deja que primero me lo lleve arriba para cambiarle el pijama.

–Está bien. Estaré fuera. No tardes demasiado.

Mientras cambiaba a Nathan, a Gemma le pareció que sentía el corazón más ligero. Su hijo podría haber sido la causa de aquel matrimonio, pero estaba consiguiendo también que sus padres se unieran.

Cuando salió al jardín, vio que aparte de Tate, también Peggy y Clive estaban esperando junto al arenero. Él tomó inmediatamente a su hijo y lo llevó al arenero. Clive se arrodilló junto a él y los dos hombres observaron juntos cómo el niño comenzaba a jugar con el camión que Tate le estaba mostrando.

Los dos hombres parecían estar disfrutando mucho y compartían una gran camaradería a pesar de la diferente posición que ocupaban en la casa.

–Debería unirse a ellos –la animó Peggy.

Gemma miró la ropa que llevaba puesta y que costaba más de lo que en el pasado había ganado en una semana.

–No estoy exactamente vestida para ello.

–Ni ellos tampoco…

–Se están divirtiendo mucho jugando a ser chicos. Por el momento, me conformaré con observar.

Peggy asintió

–Creo que yo iré adentro para recoger las cosas del desayuno.

Gemma decidió acompañarla. Mientras Peggy comenzaba a recoger la cocina, ella se sirvió una taza de café.

–¿Te apetece también un café, Peggy?

–No gracias, Gemm… Quiero decir, señora Chandler.

Gemma se dio cuenta de que el ama de llaves no la había llamado por su nombre de pila desde el día de la boda.

–Con Gemma vale, Peggy. Si no, tal vez no sepa a quién te estás refiriendo.

–Usted es ahora la señora Chandler.

–Sí, y era la señorita Watkins hace diez días y no tuviste ningún problema en llamarme Gemma entonces.

–Lo sé, pero eso era entonces y ahora es ahora.

–Eso no tiene sentido, Peggy.

–Para mí, sí. El señor Chandler es el señor Chandler y usted es la señora Chandler.

Gemma se echó a reír mientras levantaba una mano.

–Me estás mareando.

Peggy arrugó la nariz.

–Efectivamente, parece una tontería, pero le ruego que me lo permita.

–Está bien. Cedo. Por el momento.

El ama de llaves sonrió y siguió recogiendo los platos.

–¿Cómo se siente usted ahora que la boda ha terminado?

–Aliviada. Es decir. Aliviada de que por fin todo haya pasado. Fue todo bastante estresante.

Peggy asintió.

–Casarse es efectivamente muy estresante. Mi hija mayor acabó de los nervios. Incluso se desmayó en el altar.

–¿Quién se desmayó en el altar? –preguntó Tate mientras entraba en la cocina con Nathan sentado sobre su cadera.

–Sonya –bromeó Clive, que venía detrás–. Nuestra hija mayor. Le gusta dar la nota.

–Pero Clive –le amonestó Peggy–. En realidad, tiene razón. A mi hija le gusta dar la nota.

–Esa chica no va a cambiar nunca. Ahora tiene

treinta años y sigue haciéndolo –comentó Clive mientras se dirigía hacia el frigorífico–. ¿Cómo es eso que se dice? ¿Que «la cabra siempre tira al monte»?

Tate miró a Gemma. Apartó rápidamente la mirada, pero ella no necesitó pistas para saber que estaba pensando en el incidente con Drake.

–Pero tú la quieres de todos modos –afirmó Peggy.

–Por supuesto –dijo Clive.

Peggy sonrió y luego fijó su atención en Nathan.

–¡Dios santo! ¿Pero qué le habéis hecho a ese niño?

–No hacía más que tratar de comerse la arena –explicó Tate–. Por eso lo hemos traído al interior de la casa para mostrarle el nuevo centro de actividades.

–A esta edad son muy traviesos…

Nathan fue la excusa que Gemma necesitaba. Lo tomó de los brazos de Tate.

–Creo que, primero, será mejor que me lo lleve arriba para lavarlo un poco.

Tate le entregó al niño sin decir una palabra. Sin embargo, la mirada que su marido tenía en los ojos no pasó desapercibida para ella. La consideraba una persona que jamás podía cambiar para mejor. Una persona que merecía su desconfianza. Era una pena que no se diera cuenta de lo inflexible que él mismo estaba siendo.

Más tarde, se fueron a dar ese paseo en coche. Tate se mostró cortés, pero distante, como si se le hubiera recordado exactamente quién era su esposa y lamentara el acercamiento que habían tenido anteriormente. Se comportó del mismo modo el resto de la semana, fuera lo que fuera lo que estuvieran haciendo. La única vez que él le había dicho algo personal fue cuando le recomendó que se apartara del sol porque se iba a quemar.

El viernes por la mañana, Gemma estaba a punto de marcharse de su dormitorio cuando vio que había una luz parpadeando en el teléfono que tenía sobre la mesilla de noche. Nathan estaba dormido en su cuna. Tate y Clive estaban en el garaje comprobando un problema que Clive tenía en su coche y Peggy estaba pasando el aspirador en otra parte de la casa, por lo que sabía que la mujer no oiría que el teléfono estaba sonando. Pensando que podría ser importante, Gemma contestó. Cuando escuchó la voz de hombre que habló al otro lado de la línea, estuvo a punto de dejar caer el aparato.

–Vaya, vaya... –dijo la voz de Drake Fulton–. Si es Gemma Watkins... Perdón, ahora eres Gemma Chandler, ¿verdad?

–¿Qué es lo que quieres, Drake?

–Bueno, creo que debería darte la enhorabuena en primer lugar. Un matrimonio y un hijo. Muy bien hecho, Gem.

–¿Quieres hablar con Tate?

–Quería hacerlo. Quería disculparme por no haber podido asistir a la boda, pero me pareció que sería mejor no ir. Tate estuvo de acuerdo conmigo.

–Le diré que has llamado.

–No hay necesidad. Ya lo llamaré yo en otro momento.

–Adiós, Drake.

Gemma colgó con rabia y se dejó caer sobre la cama. Drake no había llamado para hablar con Tate. Había llamado por si ella contestaba el teléfono. Si hubiera querido hablar con Tate, lo habría llamado a su móvil.

Decidió que no podía quedarse allí. Salió de la habitación y, cuando se encontró a Peggy, le dijo:

–Voy a dar un paseo al lago. ¿Te importaría estar pendiente de Nathan? Debería dormir al menos otra hora más.

–Por supuesto.

–Gracias. Necesito un poco de aire fresco.

Aún seguía muy disgustada cuando llegó al lago. Se sentó en un pequeño banco que había cerca de la orilla. No podía decirle a Tate nada sobre esa llamada. Él la acusaría de haber orquestado aquella llamada para poder hablar con Drake. No sabía cómo hubiera podido hacerlo, pero, en lo que se refería a su mejor amigo, Tate estaba completamente ciego.

Recordó que en una ocasión había tratado de explicarle lo incómoda que hacía Drake que se sintiera. Ni siquiera se había mostrado dispuesto a escucharla entonces, por lo que tampoco lo haría en aquel momento. Si no hubiera sido así, ya se habría dado cuenta de que así era como Drake se comportaba. Delante de todos, se comportaba amablemente, tal y como lo haría el mejor amigo de Drake. A sus espaldas, solo trataba de llevársela a la cama.

Se preguntó hasta dónde sería capaz de llegar en aquel momento, cuando ella ya estaba casada y tenía un niño. Supuso que no se detendría ante nada, hasta que lograra destruir lo que había entre Tate y ella. De repente, su matrimonio se convirtió en lo más importante para ella. No quería perderlo.

En aquel momento, un jinete y un caballo se acercaron a lado. Ella deseó haberse ido a otro lugar para tener la intimidad que tanto ansiaba. Lo último que deseaba en aquellos momentos era compañía.

Rolly la vio y la saludó con la mano. Entonces, obligó al caballo a dirigirse en su dirección.

–No creí que te vería aquí esta mañana –dijo, cuando se acercó a ella.

Gemma se levantó y consiguió esbozar una sonrisa.

–El día era demasiado bueno como para permanecer en casa.

–Yo vengo más tarde que de costumbre. Tenía que ayudar a mi padre –comentó mientras desmontaba del caballo y le acariciaba el flanco–. ¿Dónde está tu hijo?

–En casa, pero Tate va a traerlo muy pronto para que vea a los cisnes.

–¿Le gustan los cisnes? –preguntó el muchacho. Parecía algo preocupado.

–Sí. Rolly, ¿te ocurre algo?

La indecisión se apoderó del muchacho durante un instante.

–Mi padre quiere que vaya a visitar a mi madre.

–¿Y tú no quieres ir?

Rolly se encogió de hombros.

–Se casó con otro hombre, pero a mí él no me cae muy bien.

–¿Por qué no?

–No me quiere allí. Solo quiere a mi madre.

–Ojalá pudiera decirte que no iba a ser así, pero a veces, por mucho que deseemos que algo ocurra, no lo hace. Sin embargo, no me cabe la menor duda de que lo superarás.

Una chispa de esperanza brilló en los ojos del muchacho.

–¿De verdad?

–De verdad. Piensa en lo contenta que se pondrá tu madre si vas a verla –le dijo Gemma. Se imaginó lo maravilloso que sería que su propia madre se pusiera tan contenta, pero sabía que eso no iba a ocurrir.

El muchacho la miró atentamente.

–Sabes mucho sobre las cosas de la vida, ¿verdad?

–No más que cualquier otra persona.

El muchacho la miró y, de repente, dijo:

–Tienes algo en el cabello.

Dio un par de pasos al frente y extendió la mano para quitárselo.

–Solo es un trozo de hoja. A mí…

–Gemma.

Era Tate. Gemma se dio la vuelta al mismo tiempo que Rolly.

–¡Tate! –exclamó ella sintiendo que las mejillas se le ruborizaban de un modo sobre el que no tenía control alguno.

Rubor de culpabilidad. Tate estaba completamente seguro. No se podía creer que aquello estuviera volviendo a ocurrir. Peggy le había dicho que ella se había ido al lago, pero aquello era mucho más. Era una cita.

No era de extrañar que hubiera acostado a Nathan. ¿Acaso no había hombre, o muchacho, que estuviera a salvo de su esposa? ¿Necesitaba la atención masculina todo el tiempo, fuera cual fuera la edad de su admirador? En aquellos momentos, su matrimonio no era un lecho de rosas, pero, ¿no podía al menos serle fiel mientras estaban en su supuesta luna de miel?

Evidentemente, no.

–¿Dónde está Nathan? Pensaba que lo ibas a traer aquí para que viera los cisnes.

Tate sabía que estaba mintiendo, pero se contuvo.

Lo que ocurría entre Gemma y él, se quedaba entre ellos.

–Está durmiendo todavía.

–Hola, Tate –dijo Rolly. También se había sonrojado ligeramente, lo que le decía a Tate más de lo que necesitaba saber–. Hacía mucho tiempo que no te veía.

Tate lanzó un bufido a modo de saludo.

–Rolly.

El muchacho miró a Gemma y luego volvió a mirar nerviosamente a Tate.

–Solo he venido a que el caballo beba en el lago. Tu abuelo me dijo que podía hacerlo.

–Lo sé.

–Entonces, ¿no te importa que siga haciéndolo?

–No. No me importa –dijo Tate, convencido de que todo ello era una excusa.

–Genial. Gracias –dijo Rolly. Tomó las riendas y volvió a subirse al caballo–. Me marcho ahora porque si no mi padre vendrá a buscarme –añadió. Miró a Gemma y sonrió–. Gracias, Gemma.

Con eso, el muchacho se marchó. Tate apretó los dientes. ¿Cómo había podido ser tan estúpido para bajar la guardia con ella? Gemma era una mujer muy hermosa, pero conseguiría volver a dejarlo en ridículo.

–Tate…

–No quiero oírlo, Gemma.

Dio un paso al frente y la agarró por el codo con la intención de llevarla de vuelta a la casa.

Ella dio un par de pasos con él y luego se apartó.

–Estás teniendo una reacción exagerada.

–¿De verdad? –preguntó él. No lo creía. ¿Cómo iba a poder olvidar lo que le ocurrió con Drake?

–Rolly simplemente me estaba quitando una hoja del cabello.

–¿Es así como se llama hoy en día?

–No seas ridículo.

Tate apretó la mandíbula.

–¿Cuánto tiempo lleva esto ocurriendo?

–No está ocurriendo nada –le espetó ella–. Me encontré aquí con Rolly por casualidad el otro día cuando traje a Nathan al lago. Es la segunda vez que lo veo.

–¿Por qué te ha dado las gracias?

–Tiene problemas personales –explicó ella encogiéndose de hombros–. Le he estado aconsejando.

–Sí, ya lo he visto.

Gemma se irguió. Tenía un aspecto altivo, muy hermoso.

–No te atrevas a sugerir otra cosa, Tate Chandler. Es un muchacho que necesitaba hablar. Nada más.

–Solo tiene diez años menos que tú. Es un hombre joven con las hormonas de un hombre joven. Tenerte a ti cerca será una tortura para él –dijo Tate. Eso era precisamente lo que le estaba ocurriendo a él.

–Y eso a mí me gusta, ¿verdad? Un adolescente lleno de granos, con las hormonas desatadas. Eso es justo lo que he estado buscando. Dios... Parece que ha llegado la Navidad para mí. No sé cómo he podido contener la excitación todo este tiempo.

Tate guardó silencio. Efectivamente, ella tenía razón. Tal vez había exagerado su reacción, pero ver cómo aquel joven tocaba el cabello de Gemma... Se había sentido como si estuviera perdiéndola de nuevo, en aquella ocasión para siempre.

No quería llegar tan lejos.

–Asegúrate de permanecer alejada de Rolly.

–¿Sabes qué? –preguntó ella cruzándose de brazos–. No tengo por qué hacer lo que tú me digas que haga.

–Jamás hiciste nada de lo que yo te pedí, pero ahora eres mi esposa. Por lo tanto, tal vez sea mejor que vayas aprendiendo.

–En ese caso, tal vez tú deberías comportarte como si yo fuera tu esposa.

–¿Qué demonios significa eso?

–Decídelo tú mismo.

¿Estaba Gemma sugiriendo lo que él pensaba que estaba sugiriendo?

–Si te sientes sola, encuéntrate otra vía de escape. No vayas detrás de otros.

–Bueno, no sirve de nada ir detrás de ti, ¿verdad, Tate?

Algo estalló dentro de él. Le agarró la nuca y tiró de ella con fuerza. Ella contuvo la respiración mientras él le sujetaba la cabeza y los labios de Tate buscaban y encontraban los de ella. Se aprovechó de que ella tenía la boca abierta y le deslizó la lengua sobre la de ella, instintivamente queriendo dominarla. Ansiaba borrar el beso de otro hombre, de cualquier hombre, de su boca.

Entonces, ella cobró vida y tomó el control. De repente, fue ella la que comenzó a dictar lo que se hacía y él el dominado. Gemma le hizo recordar cómo habían sido sus besos mientras se arqueaba contra él y le caldeaba la sangre que le corría por las venas.

De repente, el sonido de un motor resonó en el cielo. Tate se apartó de ella y contempló cómo un pequeño avión volaba bajo en el cielo. Apartó a Gemma y la escondió contra el cenador para que no la vieran. No dejaría que nadie los viera. Estaban en una propiedad privada.

El avión no parecía estar registrando la zona. Se dirigía hacia el norte, por lo que era poco probable que fueran periodistas. Esperó hasta que desapareció en el horizonte y la miró.

Durante un largo instante, se quedó atónito por la belleza de ella. ¿Cómo había podido pensar alguna vez que aquellos encantos no volverían a tentarlo? Que el Cielo lo ayudara, pero su cuerpo aún vibraba de deseo al ver el rubor que cubría las mejillas de Gemma y sus henchidos labios. La mirada que había en sus ojos era incierta y parecía querer despertar algo dentro de él. Por suerte, prevaleció la cordura. Ceder sería un error.

–No seré un sustituto, maldita sea –dijo.

–Tate…

–Es mejor que regreses a la casa.

–Pero…

–Vete.

Pareció que Gemma quería decir algo más, pero simplemente lo miró con desaprobación antes de salir corriendo por el sendero.

Tate se mesó el cabello. Agradecía que ella se hubiera marchado. El recuerdo de Drake y ella no había dejado de acompañarlo, pero era un recuerdo muy diferente el que su cuerpo estaba experimentando en aquellos momentos. Tenía que poseerla o aprender a vivir con un deseo insatisfecho.

Ninguna de las dos opciones era aceptable.

La cabeza de Gemma le daba vueltas mientras se estiraba la blusa y corría hacia la casa. ¿Cómo podía

Tate pensar que él podría ser el sustituto de ningún hombre? Ningún otro podía compararse a él.

Lo de Rolly había sido un suceso sin importancia. Drake era el verdadero problema. Incluso cuando Tate y ella pasaban buenos momentos, siempre surgía la figura de Drake. Él había sido la causa de su ruptura, la razón de aquel paseo al lago que había tenido como resultado un beso. Y, para completar el círculo, Drake era la causa del odio que Tate sentía hacia ella.

Sin embargo, a pesar de Drake, seguía habiendo algo entre ellos, algo que no podía negarse. Ella se sentía horrorizada consigo misma por haberle desafiado a besarla como lo había hecho. No sabía de dónde le habían salido las palabras, pero debería haber recordado que Tate siempre se enfrentaba a un desafío.

Por mucho que hubiera deseado que Tate la besara, habría sido mejor que él no lo hubiera hecho. Solo hacía que Gemma fuera más consciente de lo que no podía tener y de lo que no debería desear. Cada vez que estuviera con Tate, e incluso cuando no lo estuviera, sería más que consciente de lo que no podía haber entre ellos.

A pesar de todo, ansiaba volver a estar entre sus brazos.

No esperaba que él acudiera a su dormitorio tan poco tiempo después, y mucho menos para decirle que iban a regresar a la ciudad al día siguiente.

–¿No causará eso sospechas? –le preguntó ella frunciendo el ceño.

–Solo es un día antes de lo previsto. No creo que importe. E ignoraremos lo que ha ocurrido, ¿de acuerdo?

–¿Durante cuánto tiempo, Tate?

–Durante el que haga falta.

–¿Para hacer qué? ¿Para convencerte de que merezco tus caricias?

–Un poco de honestidad no estaría mal.

–Entonces, si yo te digo que besé a Drake a propósito, tú me perdonarás y podremos seguir con nuestras vidas.

Los ojos de él brillaron.

–No te puedo hacer ninguna promesa, pero lo intentaré.

–¡Qué noble por tu parte! –exclamó ella, decepcionada–. Sin embargo, lo siento mucho. No voy a decir una mentira solo para que tú te puedas sentir mejor sobre algo que, sencillamente, no es cierto.

–Nunca nada ha sido sencillo entre nosotros, Gemma.

No estaba haciéndole entender. Por lo tanto, lo único que podía hacer era salvar su orgullo.

–En realidad, yo pensaba que eso era lo único que había entre nosotros. Simplemente lujuria.

Tate tensó los labios.

–Lo fue… hasta que tú deseaste a Drake.

Tate se marchó del dormitorio. Gemma se sentó en la cama y sintió unas fuertes ganas de llorar. Era como hablar con una pared. Lo único que podía hacer era seguir haciendo lo que ya hacía. Sabía que no había hecho nada malo. Era el único modo de conseguir que aquel matrimonio funcionara.

Capítulo Seis

A la mañana siguiente, Peggy y Clive se marcharon una hora antes que ellos para regresar a Melbourne en su propio coche. Así, para cuando Gemma y Tate llegaran a su casa, ya estaría preparado el almuerzo.

Como Nathan había estado durmiendo durante casi todo el viaje, tenía muchas energías. Mientras Gemma le daba de comer, estaba muy nervioso e inquieto. Iba a tenerla en jaque todo el día, algo que, tal vez, no fuera del todo malo. Sin duda, Tate se marcharía a su despacho en cuanto terminaran de comer o podría ser que incluso se marchara a su oficina en la ciudad. A partir de aquel momento, se dedicaría en cuerpo y alma a su trabajo.

El trabajo.

Su hijo.

Ignorarla a ella.

–¿Qué vas a hacer esta tarde? –le preguntó él como si estuviera leyendo sus pensamientos.

–No estoy segura. Tal vez me vaya de tiendas con Nathan.

–¿Qué es lo que necesitas? –le preguntó él frunciendo el ceño–. Clive puede ir a comprártelo. Solo tiene que pedirlo.

–En realidad no necesito nada. Simplemente se trata de algo que hacer para conseguir que Nathan gaste algo de energía.

–Entiendo. Ya estás cansada de todo esto, ¿verdad?

–No. Simplemente pensé que a Nathan le vendría bien un poco de aire fresco. Eso es todo. Es lo mismo que llevarle al lago de paseo.

–Iré contigo.

–¿Por qué?

–Porque sí.

–Entiendo. Crees que voy a dejar a Nathan sentado en su sillita mientras el dueño de una tienda se lo monta conmigo en la trastienda, ¿verdad?

Tate lanzó una maldición.

–Voy a acompañarte. Punto. Entraremos por una entrada lateral por si algún periodista está en la puerta principal. Poneos gorras los dos. Y gafas de sol para ti.

–¿Y todo eso para salir a dar un paseo?

–Un simple paseo puede convertirse en una pesadilla si los periodistas nos descubren.

–Entonces, pensándolo bien. Tal vez sea mejor no ir.

–No somos prisioneros, Gemma. Saldremos y compraremos un helado a nuestro hijo si queremos. Nadie va a impedírnoslo.

Gemma estaba de acuerdo. A pesar de todo, tenían derecho a poder tener un poco de espacio para sí mismos. Sin embargo, se sentía mucho mejor si Tate estaba a su lado para protegerla.

Después de eso, considerando todo lo que había ocurrido entre ellos, el paseo resultó ser bastante agradable. Tate no se había puesto gorra, pero parecía relajarse a cada paso que daba. Igual que ella. Incluso se detuvieron en un parque cerca de las tiendas para que ella pudiera darle de comer a Nathan.

Era sábado, por lo que había bastantes personas en

el parque. Un par de niños jugaban con un perrito, lo que llamó la atención de Tate. Empezó a reírse con sus bromas. Los niños lo oyeron y le llevaron el perrito. Casi sin que se dieran cuenta, el perrito comenzó a lamer gotas de helado de la camiseta de Nathan.

Gemma se sentía feliz. Vio cómo Tate les preguntó sus nombres a los niños y la edad del perrito. Se le daban muy bien los niños.

Un hombre de aspecto agradable se acercó a ellos con una barra de pan.

–Espero que no les estén molestando –les dijo con una sonrisa en los labios.

–En absoluto. Nos estaban entreteniendo.

El hombre parpadeó. A Gemma le pareció que había reconocido a Tate.

–Si quieren cansar a su hijo, solo tienen que comprarle un perrito –bromeó el hombre.

–Pienso hacerlo, cuando mi hijo sea un poco mayor –admitió Tate mientras miraba a Nathan.

Poco después, la familia se marchó.

–¿Hablabas en serio cuando dijiste que ibas a comprar a Nathan un perro?

–Claro, ¿por qué no? –replicó él–. ¿Acaso no quieres que él tenga un perro?

–No es eso. Me parece una gran idea. Es que… es algo que suelen hacer las familias.

Una extraña expresión se reflejó en el rostro de Tate.

–Ahora somos una familia –dijo, mientras se daba la vuelta para empujar la silla.

Gemma sintió que la vista se le ponía borrosa y dio gracias a Dios por haberse puesto las gafas de sol. No quería reconocer cuánto significaban para ella aquellas palabras, pero no pudo evitar que el comentario le caldeara el corazón durante todo el camino de regreso a casa.

Al llegar, Gemma llevó al niño al salón informal mientras que Tate guardaba la silla. Vagamente escuchó la voz de Peggy, pero no prestó mucha atención. Colocó a Nathan en la alfombra y dejó que el pequeño recorriera a su gusto la sala.

Unos diez minutos más tarde, Tate entró en el salón con unas hojas de papel en la mano y el rostro tenso.

–Alguien acaba de colgar esto en Internet –dijo en voz muy baja.

Gemma frunció el ceño mientras leía lo que tenía entre las manos. Entonces, abrió los ojos de par en par. En una página, había una fotografía de su viejo apartamento sin los muebles. Parecía que le vendría bien una mano de pintura y, de hecho, tenía un aspecto bastante desaliñado. En la otra, había una fotografía de la casa de Tate, con sus magníficos jardines y sus coches de lujo aparcados en el acceso. En la siguiente página, aparecían las dos fotografías con el titular *De esto a esto en dos semanas*.

A continuación, había un serie de comentarios despreciativos, no sobre Tate, sino sobre el hecho de que ella se hubiera quedado embarazada a propósito para poder casarse con él por su dinero.

–¿Y esto está en Internet? –comentó asombrada.

–Sí.

–¿Por qué? ¿Cómo supiste tú siquiera que estaban ahí?

–Una de las amigas de Bree la llamó para contárselo, por lo que, naturalmente, mi hermana me llamó a mí. Dejó un mensaje con Peggy. Las he impreso para enseñártelas. Haré que mi abogado investigue el sitio web en el que han aparecido. Te aseguro que descubriré quién ha hecho esto. Y pagarán.

Gemma se echó a temblar.

–Dios… Me siento violada –susurró. No solo era su reputación lo que se había hecho pedazos en un foro público, sino el hogar que había tratado de construir para Nathan y para ella se había hecho público para que todo el mundo pudiera verlo y juzgarlo.

Sintió que los ojos se le llenaban de lágrimas.

–Gemma…

Ella se puso de espaldas y parpadeó rápidamente mientras observaba cómo su hijo jugaba sobre la alfombra. No quería que Tate la viera llorar. Sería el colmo para ella. Tenía que ser fuerte.

–Gemma…

De repente, ella recordó algo y se dio la vuelta.

–¡El premio! Esto podría estropearlo todo –exclamó. Un sollozo se le escapó entre los labios–. Dios mío, cada vez que me muevo parezco estropear aún más las posibilidades que tu familia tiene de conseguir ese premio.

–A la porra con el premio…

–¿Cómo dices?

–He dicho que a la porra con el premio. Este ataque contra ti es mucho más importante. No voy a consentir que se te denigre de un modo tan personal como este. Ahora eres mi esposa y, como tal, deberías ser respetada.

Con los papeles en la mano, salió de la sala. La intención que él tenía era clara. Pensaba dejar bien claro que no se podía insultar a su familia. No se trataba de ella exactamente, sino más bien por lo que era y, sobre todo, por ser la madre de Nathan. Sin embargo, lo más importante era que Tate no la culpaba a ella de nada.

Siempre había una primera vez para todo.

El resto del día pasó sin novedad. A excepción de la cena y del tiempo que Tate estuvo con su hijo, permaneció casi toda la jornada en su despacho.

A la mañana siguiente no mencionó nada sobre el asunto cuando bajó a desayunar, por lo que Gemma tampoco lo hizo. Tal vez si él se ponía a jugar un rato con Nathan, ella podría ir a su despacho para comprobarlo en la red. Sin embargo, decidió que eso solo le haría daño. Era mejor dejar que Tate se ocupara de todo.

Entonces, durante el desayuno, él dijo:

–He dado a Peggy y a Clive el resto del día libre para que puedan ir a visitar a sus nietos. Y mis padres nos han invitado a almorzar.

Gemma protestó para sí. El único lugar en el que no quería estar precisamente aquel día era con la familia de Tate. Su madre era agradable, pero el resto seguían mostrándose distantes con ella. Aquel asunto les daría algo más con lo que castigarla.

–Normalmente almuerzan tarde, por lo que no tendremos que marcharnos hasta la una aproximadamente. Eso le daré a Nathan tiempo para echarse su siestecita de la mañana.

–¿Les has dicho lo de las fotos?

–No he tenido que hacerlo. De eso ya se ha encargado Bree.

–¡Qué amable!

–Mi hermana solo estaba tratando de cuidar de ellos –le espetó él.

–¿Y?

–Quieren llegar al fondo de todo esto tanto como nosotros. Ahora, Gemma, es mejor que lo dejes estar. No hay nada que podamos hacer por el momento. Tengo a alguien trabajando en ello y te prometo que encontraremos al culpable tan rápidamente como podamos.

–Al menos no eran fotografías de desnudos –dijo. Inmediatamente, se quedó helada por lo que había dicho. ¿Por qué lo había hecho?

–¿Deberíamos preocuparnos porque eso también pueda ocurrir?

–¡Por supuesto que no!

Jamás había sido promiscua. Solo había estado con él. No apartó la mirada. No tenía nada de qué avergonzarse.

El hecho de que ella le hubiera mantenido la mirada hizo que Tate la creyera. Sin embargo, no tardó en darse cuenta de que él la estaba desnudando mentalmente, igual que solía hacerlo... Sintió una extraña sensación en el estómago. Entonces, Tate notó que ella se había dado cuenta y apartó la mirada.

Afortunadamente, casi habían terminado de desayunar. En cuanto lo hicieron, Gemma aprovechó la oportunidad que se le presentó cuando Tate recibió una llamada en el móvil.

La mañana pasó bastante rápidamente. Después de cambiar a Nathan, bajó de nuevo y vio que la puerta del despacho de Tate estaba cerrada. Se fue con su hijo a la salita, donde se puso a jugar con él. Entonces, vio el periódico local. Se puso de pie y sintió que el pánico se apoderaba de ella. ¿Sería posible que la historia hubiera llegado también a los periódicos? Se sentó en el sofá mientras el niño jugaba y examinó frenéticamente el periódico. Por suerte, nada. Sin embargo, no estaba segura de que aquello pudiera durar mucho tiempo.

Después de un rato, volvió a llevar a Nathan arriba para que se echara un ratito antes de que se marcharan a almorzar.

Acababa de ponerse un vestido y estaba terminando de maquillarse cuando Tate llamó a su puerta, tal y como siempre hacía.

–Tus padres están aquí –dijo, sin preámbulo alguno.

–¿Mis… mis padres?

–Sí. El guarda acaba de llamar desde la verja. Supe quiénes eran tan pronto como los vi en la cámara de seguridad. En una ocasión me mostraste una fotografía, ¿recuerdas?

–Dios mío… –susurró. No se podía creer que sus padres estuvieran allí. Ni que quisieran verla.

–Les he dicho que esperen.

–¿Por qué?

–Bueno, no sabía si tú querrías verlos a ellos. ¿Quieres verlos?

–No estoy segura –admitió ella, tras una pausa.

–En ese caso, tú me dirás, Gemma. Tienes que tomar una decisión. Si no quieres verlos, puedo decirles que se marchen…

–No. Deja que entren.

Tate la observó un instante para juzgar su sinceridad y, después, se dirigió al teléfono para llamar al guardia de seguridad.

–Ya está. Vienen de camino –anunció, cuando terminó de hablar por teléfono.

Gemma decidió que aquel era su problema, no el de Tate. Además, no se podía creer que aquello estuviera ocurriendo de verdad. Había ansiado el apoyo de sus padres durante tanto tiempo que...

–Gracias, Tate. Me gustaría verlos a solas.

–No.

–Tate...

–¿Qué es lo que pasa con ellos? Sé que ocurre algo, así que no me mientas.

–Te lo contaré más tarde. Ahora no tengo tiempo.

–Al menos, tienes tiempo para contarme lo más importante.

Gemma respiró profundamente. Le costó más de lo que había imaginado pronunciar aquellas palabras.

–Si de verdad lo quieres saber, me echaron cuando les dije que estaba embarazada.

La ira estalló en sus ojos.

–¿Cómo dices? Dios, ¿pero qué clase de padres son capaces de hacer algo así?

–Simplemente no podían soportar la vergüenza de su hija embarazada y soltera.

Tate apretó la mandíbula.

–La vergüenza son ellos.

–Gracias –susurró. Entonces, se cuadró de hombros. Había llegado el momento.

–Gemma, mira. Te entiendo perfectamente si no quieres verlos.

–No, Tate. Te lo agradezco, pero esto es lo mejor. De otro modo, yo siempre me estaría preguntando por qué habían venido.

Tenía que pensar en Nathan. Si existía la posibilidad de que quisieran conocer a su hijo, ella no podía negarle al niño aquella posibilidad.

A pesar de todo, cuando llegaron al pie de las escaleras, ella dudó. Vio las sombras de sus padres a través del cristal de la puerta, pero fue incapaz de abrirla. Tate le apretó el hombro y dio un paso al frente.

Ella le agarró rápidamente el brazo.

–En realidad, no son tan malos, Tate

Él asintió, pero su rostro no reveló nada. Entonces, abrió la puerta. Gemma observó cómo se presentaba a sí mismo e invitaba a sus padres a pasar. Ellos la vieron y dudaron antes de entrar en el vestíbulo. Gemma sintió que el corazón se le paraba en el pecho. ¿Acaso era demasiado esperar que le hubieran dado un abrazo?

Decidió que podría ser que simplemente estuvieran abrumados. Por lo tanto, se acercó a ellos y les dio un beso.

–Mamá. Papá. Me alegra mucho volver a veros –dijo. Sin embargo, sintió que su madre se había tensado cuando ella la tocó.

–Hola, Gemma –replicó Meryl Watkins sin cariño alguno. Gemma se recordó que siempre hablaba así.

Su padre se aclaró la garganta. Frank Watkins siempre había cedido a los deseos de su mujer, aunque Gemma había presentido que no siempre estaba de acuerdo con ella.

–Sí, hola, Gemma.

Se produjo un incómodo silencio, como si fueran desconocidos. Gemma esperó que preguntaran por el niño, pero se desilusionó al ver que no lo hacían.

–Vamos al salón –dijo Tate.

–Sí, buena idea –apostilló ella, tratando de relajarse–. ¿Os gustaría tomar té o café?

–No, gracias –respondió su madre. Entró en el salón y miró críticamente a su alrededor antes de sentarse en el sofá sin que nadie la invitara a hacerlo–. Ciertamente esto es muy bonito. ¿No te parece, Frank?

–Sí –dijo él mientras se sentaba junto a su esposa–. Has sabido salir adelante, Gemma.

–Me han dicho que vosotros habéis estado en un crucero por el Mediterráneo –replicó ella.

–¿Cómo te has enterado de eso? –quiso saber Frank. Tenía el ceño fruncido.

–Cuando nadie respondió el teléfono en casa, llamé a tu trabajo. Quería invitaros a la boda.

Frank miró a su esposa.

–¿Ves? Te dije que nos había invitado.

–Leímos en la prensa que fue una boda preciosa –comentó la madre–, aunque no creo que debieras haber ido de blanco, Gemma.

Aquel comentario le escoció, pero trató de que no se notara por el bien de Nathan.

–Eso es demasiado tradicional, ¿no te parece, mamá?

–Y yo te crié para que fueras una chica tradicional. Sin embargo, al menos ahora estás casada.

La desilusión desgarró por completo a Gemma. Estaba empezando a ver que nada había cambiado. Había resultado difícil crecer sometida a una constante desaprobación. Por eso se había mudado en cuanto había encontrado un trabajo decente. Cuando les dijo que estaba embarazada, el problema fue insoportable para ellos. Como no podían superarlo, habían preferido sacarlas de sus vidas.

Tate, que hasta aquel instante había estado de pie junto a la ventana, se acercó al sofá con la mirada entornada.

–¿Significa esto que la única razón por la que están ustedes aquí es porque su hija está ahora casada?

–Por eso y porque queremos ver a nuestro nieto.

–Por el que ni siquiera han preguntado –le espetó él.

–Danos tiempo –trató de bromear el padre.

–Yo creo que esa sería una de las primeras cosas por las que yo preguntaría.

–Por supuesto que sí. Tú eres su padre –dijo Frank tratando de aplacarlo–. Nosotros solo somos sus abuelos.

–¿Solo? Pues con eso está dicho todo, ¿no les parece?

–No lo dije en ese sentido.

–Es una verdadera pena –dijo Tate. Un segundo después, les indicó la puerta con una leve inclinación de cabeza–. Ahora mismo les acompaño a la salida.

Se produjo un fuerte silencio. Durante unos segundos, nadie se movió. A pesar de todo, Gemma estaba entristecida por todo lo que estaba ocurriendo. No quería que aquella visita terminara así.

–¿Vas a dejar que él nos hable de este modo? –le preguntó Meryl a su hija.

–Bueno, Tate tiene razón.

Meryl se puso de pie.

–Lo único que nos ha dejado claro tu marido es que nos va a echar de su casa.

–De nuestra casa –le corrigió Tate–. La de Gemma, la de nuestro hijo y la mía.

–Vamos, Frank. Resulta evidente que no somos bienvenidos aquí.

–Dios santo, no me puedo creer lo que estoy viendo –comentó Tate–. Hace más de un año que no ven a su hija, pero los dos han entrado aquí sin darle un beso o un abrazo. Ni siquiera han mencionado a su nieto. Me pregunto qué es lo que les ha traído aquí. Supongo que lo hacen para quedar bien delante de sus amigos... ¿Es esa la razón?

Como si hubiera tocado un nervio, la madre enrojeció.

–¡Cómo se atreve!

–Me atrevo.

Gemma comprendió perfectamente a qué se debía aquella visita. Su hija se había casado con un hombre muy importante y tenían miedo de que no hubieran quedado muy bien delante de sus amigos. Después de todo, si Gemma podía cazar a un hombre como Tate Chandler, no podía ser tan mala...

–¡Se arrepentirá de esto, señor Chandler! –exclamó Meryl–. Su familia es muy importante, pero su apellido será barro cuando terminemos de decirle a todo el mundo que nos ha impedido ver a nuestra hija y a nuestro nieto.

Al escuchar aquella amenaza, Gemma encontró por fin las fuerzas necesarias para enfrentarse a su madre.

–Mamá, mientras lo haces, no se te olvide decirles cómo papá y tú me disteis la espalda cuando me quedé embarazada y dejasteis que me las arreglara yo sola para sacar a mi hijo adelante.

Meryl frunció los labios.

–Conocías las reglas.

–¿Reglas? Ah, sí. Las reglas que te importaban a ti. No a mí ni a tu nieto.

–Gemma, por favor, tu madre no quiere decir...

–Cállate, Frank. Claro que lo quiero decir. Para nosotros, Gemma no ha sido nada más que una completa desilusión.

Gemma se quedó inmóvil. Aquellas palabras la habían hecho más daño del que quería reconocer. A pesar de todo, no quería que ellos supieran el daño que le habían hecho. Levantó la barbilla.

–Al menos, por fin sé lo que pensáis de mí. Ahora, os ruego que os marchéis. No quiero volver a veros nunca a ninguno de los dos.

Su madre no cedió. Se dio la vuelta y se marchó hacia la puerta principal, que Tate ya tenía abierta. Su padre la miró con una cierta compasión antes de salir corriendo detrás de su esposa.

–Y, por cierto, a Nathan le va muy bien sin vosotros. Y a mí también.

Cuando se marcharon, Gemma se desmoronó sobre el sofá. Oyó que Tate cerraba la puerta y que el coche de sus padres arrancaba y se marchaba. Cuando Tate volvió a entrar en el salón, ella estaba llorando.

–No debería haber hecho eso –susurraba.

–No te hagas esto, Gemma. Tus padres te han tratado muy mal.

–¿Igual de mal que me has tratado tú? –le espetó. Tate se quedó atónito–. Son mis padres. Tendría que haber sido yo quien le echara de esta casa.

–¿Y por qué no lo hiciste?

–Estaba pensando en Nathan. Son sus abuelos.

–Es una pena que no se hayan comportado como tales. ¿De verdad quieres esa clase de personas en la vida de tu hijo?

–No, pero debería haber sido mi decisión pedirles que se marcharan, no la tuya.

–No creí que fueras a poder hacerlo.

–Estabas equivocado.

–Me sentí muy orgulloso de ti, Gemma –dijo él, tras una pequeña pausa.

–No digas eso…

–¿Por qué no?

–Porque voy a llorar. Y no quiero llorar –susurró ella.

–Yo diría que tienes más que derecho a hacerlo.

De repente, Gemma deseó que alguien la abrazara y le dijera que todo iba a salir bien. Nunca en toda su vida la había animado nadie de aquel modo.

Miró a Tate. Él era la única persona que había hecho que se sintiera segura. Necesitaba recuperar ese sentimiento.

–Tate, hazme el amor.

–¿Cómo has dicho?

–Hazme el amor, por favor. Te necesito.

–Gemma…

Ella comprendió que él se iba a negar. Sintió que el corazón se le hacía pedazos, pero trató de mostrar una cara fuerte.

–No importa. Lo comprendo.

Echó a andar con la intención de marcharse de allí para poder lamerse las heridas.

–Mis padres no me querían, así que no puedo culparte a ti por…

Tate extendió una mano y le agarró el brazo.

–No me pongas en la misma categoría que a ellos. ¿Que si te deseo? Claro que te deseo, Gemma.

Lo último que ella vio fue la cabeza de Tate descendiendo hacia ella. Sintió que sus brazos la rodeaban y que los labios de él tocaban los suyos. El sabor de Tate la inundó y le hizo temblar de placer. Deslizó las manos sobre su torso y entrelazó los dedos detrás de la nuca de él, aferrándose así a él mientras le daba un beso. No podía creer que, por fin, estuviera en brazos de Tate y que no hubiera duda alguna de que él la deseaba. Sentía la excitación de su cuerpo cada vez más firme y potente contra su vientre.

Él deslizó los labios por la línea de la mandíbula. Gemma echó la cabeza hacia atrás para facilitarle el acceso. Tate mordisqueó suavemente el lóbulo de la oreja y pasó a besar la parte más sensible del cuello. Gemma por su parte, cerró los ojos y se dejó llevar por las sensaciones.

Cuando Tate deslizó la mano por debajo del cabello de Gemma, lo hizo para buscar la cremallera del vestido. Este se deslizó por los hombros con un suave susurró y cayó directamente al suelo, dejándola a ella en braguitas y sujetador.

Solo entonces abrió ella los ojos. La mirada de Tate viajó por su cuerpo como si fuera una caricia.

–Eres más hermosa ahora que antes.

–¿De verdad?

–Has tenido a mi hijo –murmuró mientras le acariciaba el vientre con los dedos y haciendo que ella temblara.

Entonces, deslizó los dedos por debajo de una de las copas del sujetador y sacó el seno. Lo levantó para disfrutar de él. Capturó él pezón entre los labios, haciendo que la respiración de ella se acelerara. Los gemidos de placer comenzaron a vibrarle en la garganta, acrecentándose cuanto más jugaba él con el rosado pezón.

Acarició el otro pecho con la mano primero y luego con la boca. El sujetador no tardó en desaparecer. Las sensaciones se intensificaron. Las braguitas volaron también. Tate la colocó sobre el sofá y se tumbó sobre ella. Le colocó un cojín debajo de la cabeza y se incorporó para mirarla mejor.

–Dios… Deseo tomarme mi tiempo contigo –susurró.

Gemma recordó que tenían que asistir a un almuerzo y que debían preparar antes al niño, pero llevaban dos años separados. Si Nathan se despertaba en aquel momento, no podría soportarlo. Dio gracias también de que fueran los únicos adultos en la casa.

Tate procedió a desnudarse. Ella lo admiró con la mirada, fijándose en cada músculo, en cada pelo de su torso, en el vello oscuro que le rodeaba la potente erección. Se tumbó de nuevo sobre ella, pero aún sin penetrarla. Los dos sabían que el contacto de la piel era un placer demasiado delicioso como para sacrificarlo en aras del tiempo.

Inmediatamente, Tate la besó profundamente y la animó a abrir las piernas. Gemma deseaba que así fuera. Lo había echado tanto de menos. Entonces, él se detuvo.

–Gemma…

Ella lo miró a los ojos y vio algo en ellos que habría hecho que se le doblaran las piernas si hubiera estado de pie.

–No eres una desilusión para nadie.

Gemma sintió que se le hacía un nudo en la garganta.

–Gracias –musitó–. Ni tú tampoco has sido nunca sustituto de nadie. Te deseo, Tate –añadió, sin darle tiempo para hablar.

Él lanzó un gruñido de necesidad, pero Gemma no supo si él iba a hundirse en ella o a apartarse de su lado. Un instante después, como si no pudiera contenerse, la embistió con fuerza. Gemma gimió de placer y se preparó para recibirle. Tate volvió a hundirse en ella mientras Gemma se aferraba a él para que pudiera transportarla hasta lo más alto.

–Solo tú –susurró. Entonces, se deshizo en mil pedazos y sintió que él alcanzaba el clímax dentro de ella.

Tate besó rápidamente a Gemma y recogió su ropa. Entonces, le entregó a ella la suya y comenzó a vestirse. Necesitaba mantenerse ocupado y no mirar el cuerpo desnudo de Gemma. Si lo hacía, no podría contenerse y tendría que volver a poseerla.

Por eso, esperó a estar vestido para mirarla.

–¿Te encuentras bien?

–Claro –respondió ella. Se había sentado para vestirse.

Tate la miró atentamente, pero el rostro de Gemma no revelaba nada.

–Nos marcharemos a almorzar dentro de una hora –dijo. Con eso, se marchó de la habitación. Tenía que hacerlo antes de volver a sentir la tentación de llevarla arriba para poseerla de nuevo en su cama.

Estaba experimentando una erección con solo pensarlo. El poder sexual que Gemma ejercía sobre él era inmenso. Demonios. Ni siquiera habían pensado en la contracepción. Ya se ocuparían de eso más tarde. Había demasiadas complicaciones entre Gemma y él.

Si tenía que ser sincero, aquel encuentro sexual había sido el producto de una serie de situaciones que habían estado produciéndose desde que se casaron más que exclusivamente de la atracción que había entre ellos. Rolly, aunque Tate sabía que se había equivocado sobre él. Después las fotografías de Internet. Sin embargo, todo ello palidecía en comparación con la visita de sus padres. Al enterarse de lo que le habían hecho, al ver cómo la habían tratado aquel día, se había sentido furioso. Entonces, ella le había sorprendido por completo cuando le pidió que le hiciera el amor.

«Ni tú tampoco has sido nunca sustituto de nadie».

Ojalá él no supiera que no había sido así. Entonces, habría podido creerla. Gemma le hacía sentirse como si él fuera el único hombre adecuado para ella, el único que podía excitarla. Maldita sea, hasta lo había dicho así.

«Te deseo, Tate».

«Solo tú».

¿Y si simplemente se le daba muy bien fingir? ¿Qué era lo que tenía que creer? ¿A quién tenía que creer? ¿A la sensual mujer que había tenido entre sus brazos o a la mujer que sabía cómo darle cuerda como si fuera un reloj? Tenía que descubrir la verdad y el único modo de hacerlo era abrirse un poco y dejarla entrar en su vida. Entonces, ella demostraría su valía… o revelaría que era simplemente una mentirosa.

Capítulo Siete

Cuando llegaron a la casa de los padres de Tate, Gemma sintió que se desmoronaba al ver que toda la familia al completo estaba allí para almorzar. Había esperado a los padres, por supuesto, tal vez a la hermana también, pero no a la abuela.

–Bueno, ¿qué es lo que está pasando con esas fotografías? –le preguntó la hermana de Tate en cuanto se hubieron saludado.

Tate dejó que su madre tomara a Nathan y tensó la boca.

–Estoy en ello.

–¿Te das cuenta de que lo que sale al ciberespacio se queda allí para siempre?

–Deja de exagerar, Bree –dijo el padre desde el bar que había en un rincón del salón, donde estaba sirviendo unas bebidas.

–No estoy exagerando, papá. Pregúntaselo a cualquiera.

–Ya está bien, hermanita –gruñó Tate. Parecía que su hermana estaba tratando deliberadamente de crear problemas.

¿Y si había sido Bree la que había colgado aquellas fotografías en Internet?

–¡Madre mía! ¡Mirad a este niño! –exclamó Darlene mientras tomaba asiento con su hijo en el regazo–. Ya es un hombrecito –añadió. Resultaba evidente que estaba tratando de cambiar de tema–. Se parece a Gemma, pero me recuerda a ti cuando tenías esa edad, Tate.

–¿De verdad? –preguntó él mirando a su hijo.

–Sí. Eras un bebé precioso.

–Gracias. Justo lo que un hombre hecho y derecho desea escuchar.

–No hay nada malo en que una madre piense que su hijo es precioso, sea cual sea su edad. ¿A que tengo razón, Gemma?

–Yo no podría estar más de acuerdo contigo, Darlene. Para nosotras, nuestros hijos siempre serán guapos.

–Sí, pero pensarlo y decirlo en voz alta son dos cosas muy diferentes –comentó Tate mientras miraba a Gemma de un modo que le hacía recordar todo lo que había ocurrido entre ellos en el salón de su casa.

Su posesión había sido totalmente apasionada y la había marcado irreversiblemente. En una ocasión, tal vez habría gozado con ello. En aquel instante, solo quería que él dejara de mirarla. ¿Se pensaría acaso que ella era como masilla entre sus dedos? No. Eso no ocurriría nunca. Ella no lo permitiría.

–¿Cómo era Tate de niño? –le preguntó a su suegra.

Darlene sonrió radiantemente.

–Era...

–Es mejor preguntarle eso a Jonathan –interrumpió la abuela de Tate. Había hablado por primera vez y el tono de su voz no había sido amistoso–. Yo diría que conoce a su hijo mejor que nadie.

La animación abandonó el rostro de Darlene. De repente, el ambiente resultó incómodo, tenso.

Jonathan se acercó con bebidas para todos.

–No, dejaré que sea Darlene quien responda eso, madre –dijo sonriendo cariñosamente a su esposa–. Sigue, querida.

Darlene miró a su esposo y asintió.

–¿Qué estaba diciendo? Ah, sí. Tate era un niño precioso con una naturaleza muy dulce. Igual que mi hija. Por supuesto, desde el comienzo los dos tuvieron sus momentos.

–No seríamos Chandler si no fuera así –comentó Bree. Todos se echaron a reír.

Gemma miró a Tate. Él tenía una expresión inescrutable en el rostro. Ella comprendió que la tirantez no solo estaba entre Helen y Darlene, sino entre madre e hijo también, una tensión que Tate no tenía con su abuela. En la boda, Helen había dejado muy claro que tenía debilidad por su nieto. No podía ser una persona tan carente de sentimientos. Entonces, ¿por qué se metía tanto con la pobre Darlene?

Durante el delicioso almuerzo, todo volvió a la normalidad. La única persona con la que Helen parecía tener reservas era ella. Vuelta a empezar.

En cuanto a Tate, se pasó toda la tarde observándola, como si estuviera tratando de protegerla de su abuela. Sin embargo, durante el trayecto a casa, aquel sentimiento de protección se transformó en algo muy diferente. Había una creciente tensión entre ellos, la sensación de que, después de lo ocurrido aquella mañana, las distancias no iban a ser suficientes.

–Gracias por apoyarme en lo de mis padres –dijo ella tratando de volver a la normalidad–. Te lo agradezco mucho.

–De nada –dijo él. Cuando la miró, había algo más

en su mirada, como si estuviera recordando el momento en el que hicieron el amor.

Ella contuvo la respiración y trató de encontrar algo más que decir.

–¿No le cae bien tu madre a tu abuela?

–¿Por qué dices eso? –preguntó él. Estaba apretando con fuerza el volante.

Gemma había estado tratando de dispersar la tensión sexual dentro del coche. En vez de conseguirlo, lo único que había hecho había sido reemplazarla por otra clase de tensión.

–Bueno, se nota una cierta tensión en el aire cuando están juntas.

–No me había dado cuenta.

El instinto de Gemma le decía que Tate estaba mintiendo, pero decidió que, igual que a ella no le había gustado que se metiera en sus asuntos aquella mañana, a Tate no le gustaría que se metiera en los suyos. Decidió dejarlo estar.

Fue un alivio llegar a casa y salir del coche. En el interior de la casa, todo estaba tranquilo. No duró mucho tiempo. Nathan había estado muy mimado toda la tarde por todos los Chandler, por lo que hizo falta mucha paciencia para que cenara, se bañara y se metiera en la cama.

–¿Está dormido? –le preguntó Tate cuando ella salía de la habitación del niño.

–Casi.

–Había pensado que pidiéramos una pizza para cenar.

–¿Una pizza?

–Bueno, antes te encantaba.

–Y me sigue gustando –dijo. Sintió un escalofrío.

Recordó una ocasión en la que, tras compartir una pizza, habían hecho el amor.

–Dejaré una nota para Peggy diciéndole que no queremos que nos molesten.

–¿No se…?

–¿Qué?

–Ya sabes –susurró ella, sonrojándose.

–¿Que piense que estoy haciéndote el amor? –musitó mientras le miraba el rostro–. Eso es exactamente lo que pienso hacer. Una y otra vez…. –añadió. Justo cuando bajaba la cabeza para darle un beso, Nathan empezó a llorar–. Podríamos dejar que siga llorando.

–Podríamos –dijo ella sin atreverse a moverse.

El llanto se hizo más fuerte.

Tate respiró profundamente y sonrió tristemente.

–Creo que es mejor que vayas a ver qué es lo que quiere nuestro hijo –sugirió. Entonces, la besó rápidamente–. Después, señorita, tengo intención de ocuparme de ti. Y de tomarme mi tiempo para hacerlo.

Gemma ya se estaba imaginando desnuda contra el cuerpo también desnudo de Tate, pero sus palabras le recordaron algo más que quería decirle. Nathan podía esperar unos instantes más. Lloraba por puro agotamiento, no porque le doliera algo.

–Sé que esta mañana no utilizamos… anticonceptivos, pero estoy tomando la píldora. La empecé a tomar hace unas pocas semanas, cuando me dijiste que nos íbamos a casar. Creí conveniente decírtelo por si estabas preocupado.

–No lo estoy. ¿Y tú?

–No.

Volver a tener un hijo con Tate, sabiendo lo contento que él estaría por ello, sería una experiencia maravillosa. Ojalá… No podía desear más. No necesitaba más para darle a los hijos que tuvieran una vida feliz.

–¿Algún problema?

Gemma no podía contarle lo que estaba pensando.

–Bueno, el médico me dijo que podría no ser completamente eficaz durante varias semanas.

El rostro de Tate se relajó.

–En ese caso, tomaremos precauciones extra en el futuro. Y, a partir de ahora, compartiremos la cama.

–¿Estás seguro?

–Ya no hay vuelta atrás.

–No, ya no hay vuelta atrás –afirmó ella.

Sabía que la desconfianza que Tate sentía hacia ella aún no se había resuelto, pero esperaba que lo hiciera en un futuro. Su vida matrimonial había comenzado por fin. El pensamiento resultaba aterrador y excitante a la vez.

Cuando llegaron las pizzas, Gemma se había duchado y cambiado de ropa. Nathan estaba por fin dormido en su cuna.

Tate y ella se sentaron frente a frente en la cocina. El deseo que llevaba acrecentándose todo el día estaba muy presente. Gemma acababa de tomarse su segunda porción cuando Tate dejó caer su pizza sobre la caja y, tras ponerse de pie, le dijo:

–Ya basta. Vamos. A la cama.

–Pero no he terminado –susurró ella, presa de la anticipación.

–Ni yo tampoco.

No sonrió. No se detuvo. Simplemente la sacó de la cocina y la llevó al dormitorio. Una vez allí, cerró cuidadosamente la puerta y encendió la luz. En sus ojos había una intensidad que sorprendió a Gemma.

–Ahora, sobre lo de tomarnos nuestro tiempo –musitó. Se acercó a ella y se colocó delante para agarrarle los hombros.

El tiempo pareció detenerse.

Bajó la cabeza hacia ella y le cubrió los labios con los suyos para besarla suavemente. Gemma había esperado un beso apasionado, pero por ser delicado no fue menos espectacular. Ella cerró los ojos y se dejó sentir.

Después de un instante, Tate se separó de ella. Cuando Gemma estaba a punto de protestar por aquella lejanía, él se colocó los dedos de ella sobre los labios y comenzó a besárselos uno a uno. A continuación, hizo lo mismo con la palma de la mano y luego con la delicada piel de la muñeca. Después, fue avanzando por el brazo hasta llegar a la curva del hombro.

–Recuerdo eso… –murmuró él mientras la miraba a los ojos.

–¿El qué?

–El suave gemido que haces cuando te toco.

–No puedo evitarlo.

–Lo sé.

Tate comenzó a besarle la garganta y, con aquel gesto, le robó por completo el aliento. Poco a poco, comenzó a quitarle la ropa. Camiseta, sujetador, pantalones y braguitas fueron cayendo al suelo hasta dejarla completamente desnuda.

–Oh, sí. Lo recuerdo todo –musitó Tate con voz ronca por el deseo.

Las sensaciones se apoderaron de ella, haciendo que ella temblara de puro deseo. Tate le acarició un seno y luego bajó la cabeza para besárselo. Le rodeó el pezón con la lengua y luego se lo atrapó entre los labios para chuparlo.

Gemma oyó el gemido que se le escapó de la garganta. Y volvió a escucharlo cuando él se concentró en el otro seno. Mientras tanto, los dedos de Tate comenzaron a deslizársele por el vientre en dirección a la masa de rizos que allí lo aguardaban. El gemido dejó de ser suave para expresar un profundo deseo. Gemma quería que la tocara allí. Deseaba tanto que él la tocara…

Entonces, deseó tocarlo a él.

Le colocó la mano sobre el torso y, cuando lo empujó, Tate la miró sorprendido.

–Déjame.

Comenzó a desabrocharle los botones de la camisa desde abajo.

–Antes eras mucho más rápida, aunque no me estoy quejando.

–Antes siempre tenía prisa…

Había estado enamorada de él e, instintivamente, había tratado de abarcar todo lo que podía antes de que desapareciera como el viento, lo que había terminado por ocurrir. Aquella noche, se tomaría su tiempo.

Cuando finalmente le desabrochó el último botón, le despojó de la camisa. Le colocó los labios sobre el lugar bajo el que latía el corazón y escuchó como él gruñía de placer.

–Eres un hombre muy, muy guapo –susurró.

Deslizó los labios sobre su piel, enredándole la lengua sobre vello del pecho y dejando que el calor lo abrasara como en un día de verano.

La lengua fue bajando en dirección a los pantalones.

De repente, él la levantó y se la echó por encima del hombro. La llevó a la enorme cama y la colocó sobre el edredón. Gemma se incorporó sobre los codos, algo confusa sobre la velocidad con la que él lo había cambiado todo.

–Pensaba que dijiste que iríamos muy lento…

–Yo no dije nada de tortura –musitó él.

Se puso de rodillas y separó las piernas de Gemma para poder lamer la oscura cueva que ya estaba húmeda por el deseo que sentía hacia él. Gemma se estremeció al sentir aquel contacto. Tate comenzó a acariciarle con la lengua y le sujetó las caderas para inmovilizarla aunque ella no deseaba en modo alguno escapar.

Tate la atormentó con su la boca. Ella le agarraba con fuerza la cabeza unas veces y otras le mesaba el cabello. Ya no iba a poder aguantar mucho más. Rápidamente, él la estaba llevando a la cima del placer con una lengua deliciosa e increíblemente eficaz.

Entonces, él hundió un poco más la lengua. En aquel instante, Gemma perdió toda posibilidad de seguir ejerciendo el control. De buena gana, saltó al más delicioso abismo.

Cuando tuvo fuerza suficiente para abrir los ojos, vio que él se había quitado la ropa que aún le quedaba puesta y que se estaba poniendo un preservativo. Inmediatamente, se tumbó sobre ella y la penetró. Ella lo acogió con gusto. La excitación comenzó de nuevo a correrle por las venas, seguida de un nuevo tumulto de sentimientos. Como si fueran luces lejanas, fueron acercándose hasta hacerse más y más brillantes. Entonces, se adueñaron de ella.

–Solo tú –murmuró. Estuvo a punto de decirle «te amo».

Seguía enamorada de él. Jamás había dejado de amarlo. Tate estaba tatuado en su corazón para siempre.

Lo miró a los ojos. Era Tate el que estaba haciendo que aquello fuera especial para ella. Él era la razón de que Gemma se dirigiera hacia el paraíso, asaltando sus puertas y abriéndolas de par en par.

Ansiaba decírselo. Quería decírselo.

Sin embargo, desde lo más profundo de su ser, sacó una fuerza que no sabía que poseía. De algún modo, logró contener las palabras de amor que sabía que la destruirían por completo si las pronunciaba.

No obstante, necesitaba decir algo.

–Solo tú, Tate –gritó en el momento en el que algo más poderoso que ellos mismos la engullía.

En aquel instante, supo que fuera lo que fuera lo que había sido antes, había sido en aquel momento, entre los brazos de aquel hombre, cuando se había hecho una mujer.

Después, volvieron a hacer el amor en la ducha. A continuación, se tumbaron en la cama. Gemma estaba entre los brazos de Tate, escuchando su respiración relajada por el sueño. El hecho de saber que aún seguía amándolo la llenaba de alegría y de temor a la vez. En aquella ocasión, había mucho más en juego. ¿Cómo podía exponerse a más sufrimiento?

Tate no la amaba y no dudaría en volver a hacerle daño si pensaba que ella había vuelto a hacer algo malo. Solo tenía que recordar el modo en el que él había reaccionado cuando la encontró besando a su mejor amigo. Se había enfadado tanto que la había echado de su vida. ¿Podría eso volver a ocurrir? Tate no confiaba plenamente en ella. El más mínimo error podría hacer que su mundo se desmoronara una vez más. ¿Y si en aquella ocasión, perdía también a su hijo? Si eso ocurría, no habría modo alguno de reparar su destrozado corazón. El amor que sentía hacia él no moriría nunca. Estaba dentro de ella. Era parte de ella. Era amor en estado puro, lo que significaba que podía hacer más daño que ningún otro.

No. No podía decirle nada.

Por suerte, en aquel momento él volvió a buscarla y los pensamientos de Gemma se vieron pronto silenciados por el hombre al que amaba.

Capítulo Ocho

–Peggy, me gustaría que hoy trasladaras las cosas de Gemma a mi dormitorio –dijo Tate al día siguiente, mientras estaban desayunando.

Peggy sonrió a ambos con evidente placer.

–Lo haré encantada, señor Chandler.

De algún modo, Gemma consiguió no sonrojarse.

–Lo haremos juntas, Peggy.

Mientras trasladaban sus cosas a la otra suite, sentía el corazón ligero y alegre. Mientras Peggy y ella iban y venían con las carísimas prendas, Gemma vigilaba a su hijo, que estaba en el parque.

–Voy a bajar un momento por más forros para los cajones –dijo Peggy un rato después–. Ese armario no se ha usado nunca y los forros que hay en los cajones parecen un poco deslucidos.

Gemma se sintió muy contenta de que ninguna otra mujer hubiera compartido aquella suite o aquella casa con Tate. Peggy acababa de marcharse cuando el teléfono comenzó a sonar. Gemma contestó, aunque enseguida deseó no haberlo hecho.

–Hola, Gemma.

Era Drake.

–Tate está en su despacho, como supongo que sabrás.

–¿Y cómo iba a saberlo? Pensaba que tú y él aún estabais de luna de miel.

–Podrías haberle llamado al móvil para enterarte.

–Entonces, no podría hablar contigo, ¿no te parece?

–Drake, basta ya.

Él suspiró como si Gemma se estuviera comportando de un modo poco razonable.

–Gemma, ahora eres la esposa de mi mejor amigo. Simplemente estoy intentando hacer las paces –dijo. Ella no le creyó–. En cualquier caso, llamaba para solidarizarme con Tate por esas desagradables fotografías de tu viejo apartamento que andan por la red. Pensé que estaría disgustado por ellas.

–¿Cómo lo sabes?

–He estado hablando con Bree.

Gemma estaba cada vez más convencida de que era Bree la que estaba detrás de todo aquello.

–No tenía derecho a decirte nada.

–Soy el mejor amigo de Tate. Ella pensó que yo podría ayudar de alguna manera. Ya sabes, Gemma, que, sobre estas cosas, es mucho mejor no acomodarse.

Era una advertencia. No debería acomodarse en su matrimonio. De repente, ella lo comprendió todo. No era Bree, sino Drake el responsable de aquellas fotografías.

–Yo te podría decir a ti lo mismo –dijo ella, tratando de evitar que le temblara la voz.

–Gem, no sé a qué te refieres. Simplemente estoy tratando de ser tu amigo…

–Tú jamás has sido un amigo mío, Drake. Ni tampoco lo serías de Tate si él supiera muchas cosas. Algún día te verá por lo que eres.

–No hay nada que ver.

Cuando Gemma se disponía a contestar, oyó un ruido y vio que Peggy estaba en la puerta.

–Ahora tengo que dejarte. Por favor, llama a Tate a su teléfono móvil si necesitas hablar con él.

Colgó y trató de mantener un rostro inescrutable.

Peggy frunció el ceño.

–Señora Chandler, espero que no crea que estoy metiéndome donde no me llaman, pero si necesita hablar…

–Gracias, Peggy –dijo ella tratando de disimular–. Estoy bien.

–Me pareció que podría necesitar una amiga.

–Gracias –repitió ella–. Los amigos nunca están de más.

Peggy no pareció convencida, pero no quiso insistir.

Gemma se sintió muy aliviada cuando terminaron de colocarlo todo y Peggy se marchó. Pensó en la llamada de teléfono y maldijo a Drake. Él sabía que ella estaba muy asustada y que no le diría nada a Tate. Si este hubiera escuchado la conversación, la creería. Se le ocurrió que tal vez la próxima vez podría grabar la conversación con Drake.

Sin embargo, no tenía garantía de que Tate sacara las mismas conclusiones de lo que oía que ella. Tal vez Tate, una vez más, no la creyera.

Se sentía como si estuviera tratando de evitar arenas movedizas en la oscuridad mientras que Drake le pisaba los talones. No se atrevía ni siquiera a pedirle ayuda a Tate. Si lo hacía, podría descubrir que el hombre al que amaba no estaba preparado para salvarla si tenía que sacrificar a su mejor amigo.

A media tarde, Gemma llevó a Nathan a la cocina para darle su merienda. Se encontró con Peggy allí preparando la cena. Al verla, ella dudó.

Peggy la miró y parpadeó.

–Oh, Gemma. Me has asustado…

–Lo siento –dijo ella. Puso a un lado sus temores y entró en la cocina–. ¿Qué estás preparando?

–Pastel de manzana para el postre de esta noche.

–¡Qué rico! Me encanta el pastel de manzana. Mi madre solía prepararlo –comentó–. ¿Te puedo ayudar?

–¿Por qué no? –repuso. Levantó un trozo de manzana–. ¿Crees que a Nathan le gustaría tomarse un trozo?

–Claro.

Gemma colocó al niño en la trona y le dio el trozo de manzana. Muy pronto, estuvo ocupada ayudando a Peggy. Las dos terminaron haciendo dos deliciosos pasteles de manzana.

–Jamás nos comeremos todo esto –dijo Gemma.

–No conoces a Clive. Se comería uno entero él solo.

Mientras Tate se acercaba a la cocina, escuchó las suaves carcajadas de Gemma. El pulso se le aceleró en las venas. La vio con las manos en las caderas, el cabello ligeramente alborotado y sonriendo. Ciertamente, la escena que estaba contemplando hacía que mereciera la pena regresar a casa.

Sintió una profunda satisfacción. Tenía una familia. Nathan y Gemma. Los había echado tanto de menos a lo largo de todo el día. Resultaba muy extraño que eso le diera más placer que el mundo empresarial que tanto le había gustado hasta entonces. Antes de aquello, no se había dado cuenta de lo que se estaba perdiendo.

Gemma lo vio y el pánico se le reflejó en los ojos.

–Tate, llegas muy pronto hoy…

Él la observó, extrañado por aquella reacción. ¿Acaso había esperado que fuera el portador de malas noticias? No podía culparla. Últimamente así había sido.

–Se me había ocurrido que podríamos llevar a Nathan a tomar un helado y a dar un paseo por el parque, pero parece estar muy contento en su trona jugando con las tazas.

Gemma se relajó visiblemente.

–¡Sí! Eso sería estupendo.

–Hace un día estupendo –dijo Peggy para animarlos.

Justo entonces, Nathan dejó escapar un grito. Tenía unas marcas rojas en la frente, donde, evidentemente, se había golpeado. Gemma tomó a su hijo en brazos y lo abrazó hasta que dejó de llorar.

–¿Está bien? –preguntó Tate.

–Sí, pero estoy segura de que un helado le hará sentirse mucho mejor.

–En ese caso, deja que vaya a quitarme el traje. ¿Cuándo puedes estar tú lista?

–¿Necesitas más ayuda? –le preguntó Gemma a Peggy.

–No. Ya he terminado. Yo lo recogeré todo.

–Gracias, Peggy. Me he divertido mucho.

–Yo también, Gemma.

–Voy a subir a cambiarle a Nathan el pañal antes de marcharnos.

Tate la esperó en la puerta.

–Deja que lo lleve yo –sugirió mientras los tres salían de la cocina–. Me sorprende mucho lo que has conseguido.

–¿A qué te refieres? –preguntó ella, sorprendida.

–Conseguir que Peggy te llame por tu nombre de pila. A mí me sigue llamando señor Chandler.

–Las mujeres tenemos nuestras armas –comentó Gemma con una sonrisa.

–Eso ya lo sé –susurró él mirándole los labios–. Tienes harina en la oreja –añadió. Levantó la mano y le limpió el lóbulo–. Te pediría que te reunieras conmigo en la ducha, pero…

–No digas eso delante de Nathan.

–Él no comprende lo que estoy diciendo –replicó él, sonriendo.

–Lo sé, pero…

Tate se apiadó de ella y le impidió que siguiera hablando con un rápido beso.

–Ve a cambiarle el pañal.

Tenían la noche.

El paseo por el parque fue muy agradable. Se sentaron en un banco para tomarse sus helados. La zona de juegos infantiles estaba repleta de niños.

Tate se dio cuenta de que Gemma parecía estar ausente.

–Pareces distraída.

–¿Sí? Lo siento. Estaba pensando –dijo ella. Se dio la vuelta para tirar la tarrina de Nathan a la papelera más cercana.

Sin saber por qué, a Tate se le ocurrió pensar en Drake en aquel momento. Decidió que no era adecuado sacar conclusiones precipitadas. No quería que Drake estropeara aquel momento que tenía con su familia.

–Está muy bien salir de este modo, ¿verdad?

–Sí.

A pesar de que la velada fue muy placentera, Tate no pudo dejar de pensar que algo no iba bien. Gemma fingía que sí, pero no era así. Mientras yacía tumbado en la cama con Gemma entre sus brazos, pensó que tal vez estaba así por la inesperada visita de sus padres. Eran responsables de muchas cosas.

De repente, comprendió otra cosa. Él también tenía mucho sobre lo que responder. No le gustó el sentimiento de culpabilidad que experimentó. Tenía derecho a estar enfadado con Drake y con Gemma por no haberle hablado de Nathan. Solo porque se sentía apenado por ella en aquel momento, no significaba que él hubiera cometido algún error.

Sin embargo, estaba convencido de que así era.

Capítulo Nueve

A lo largo de la semana siguiente, Gemma deseó poder decirle a Tate en muchas ocasiones que creía que Drake era el responsable de la publicación de las fotografías. Sin embargo, a pesar de que su marido le hacía el amor todos los días, a pesar de que él regresaba pronto a casa, era consciente de lo frágil que era su matrimonio.

A finales de semana, Tate le dijo que todas las pistas que el detective había seguido hasta aquel momento no habían dado frutos. Gemma podría haberle indicado la dirección adecuada, pero, ¿con qué coste? Al menos Drake no había vuelto a llamar.

Desgraciadamente, no tardó en producirse una nueva crisis.

Una tarde, cuando Nathan ya estaba en la cama, Tate encendió la televisión. Inesperadamente, una pareja apareció en la pantalla.

–¡Dios santo! –exclamó Tate.

–¡Son mis padres! –gritó Gemma.

Tate miró a Gemma.

–Voy a apagar la televisión. No tienes por qué escuchar esto.

–No. Déjalo.

–¿Estás segura?

Gemma asintió y centró su atención en la entrevista que sus padres estaban concediendo a aquel programa.

Se sintió traicionada. Peor aún, como si le hubieran atravesado el corazón con una lanza.

Sus padres decían que, cuando ella era una adolescente, les resultaba imposible controlarla. Que se había marchado de casa demasiado joven y que eso les había roto el corazón. Que le habían permitido regresar a casa cuando estaba sola y embarazada, pero que ella había vuelto a marcharse.

–Eso no es cierto –susurró ella con incredulidad–. Lo están tergiversando todo.

–Solo tratan de presentarse como las víctimas.

Desgraciadamente, todo el mundo creería lo que estaban diciendo.

A continuación, dijeron que no se les había invitado a la boda de su hija y que habían ido a ver a Gemma y a su nieto, pero que se les había dicho que se marcharan.

–Jamás pensé que podrían hacer algo como esto –susurró Gemma con incredulidad–. Sé que tenían que tratar de recuperar su imagen, pero esto... Además, ¿por qué ahora? Hace casi dos semanas desde que vinieron.

–Supongo que se debe a que la ceremonia de entrega de premios es el viernes. Probablemente estarán tratando de evitar que mi familia consiga el premio porque están celosos de ellos. Ahora, Nathan y tú sois Chandler.

–Pero si no nos querían...

Muy angustiada, Gemma se puso de pie. Tate hizo lo mismo y la tomó entre sus brazos.

–Lo sé, cariño...

Gemma escondió el rostro contra el pecho de Tate.

–Tu familia no se pondrá contenta cuando se entere de esto.

–Te aseguro que no te culparán. Y te prometo que tus padres se retractarán de esto.

–Pero puede que cuando lo hagan sea demasiado tarde para el premio. Ya han hecho mucho daño.

–No. Se equivocan. No afectará al premio. Si el tribunal fuera a retirarnos ese honor, ya lo habría hecho. Mañana, es mejor que no salgas de casa. Y no contestes al teléfono. Reforzaré la seguridad.

–No son buenas personas, ¿verdad? –susurró ella.

–No. No lo son. Y tú no te pareces en absoluto a ellos.

Gemma no durmió bien y sabía que Tate tampoco. A la mañana siguiente, él se ofreció a quedarse en casa con ella, pero Gemma le dio las gracias y le dijo que no lo hiciera.

La sorpresa de la mañana se la proporcionó Peggy cuando entró en la salita acompañada de Darlene.

Gemma le indicó que tomara asiento.

–Me alegra verte, Darlene –dijo cuando Peggy se fue a buscar unos refrescos.

–Lo mismo digo, Gemma. Me pareció que tal vez hoy necesitarías apoyo.

–Te lo agradezco mucho.

Darlene miró a su alrededor.

–¿Dónde está mi nieto? ¿Dormido?

–Sí.

Un acuerdo tácito las llevó a hablar de temas generales hasta que Peggy les llevó los refrescos y volvió a marcharse.

–Esta mañana, Tate vino a vernos para explicarnos lo de tus padres –dijo Darlene cuando volvieron a quedarse a solas–. No me puedo creer lo que te han hecho, no solo ahora, sino en el pasado. Debió de ser terrible que te dieran la espalda.

–Así fue –murmuró Gemma. Sentía un nudo en la garganta–. Siento estar ocasionando todo esto a vuestra familia.

–Ahora, nosotros somos tu familia, ya lo sabes.

–Gracias –susurró Gemma, llena de gratitud–. Eso significa mucho para mí. Ser parte de una familia es maravilloso y ser parte en concreto de la vuestra es fantástico –añadió, sin mencionar que no se sentía del todo a gusto con el resto de los Chandler.

Darlene asintió.

–Sé que no son perfectos, pero…

Sin previo aviso, su suegra se echó a llorar.

–Darlene…

–Perdóname, Gemma –susurró Darlene cuando logró tranquilizarse–. No he venido aquí para hablar de mis problemas.

–Si quieres hablar, estoy aquí también para escucharte. Te prometo que no le diré nada a nadie. Puedes confiar en mí.

Darlene la miró.

–Sí. Creo que puedo. No hace mucho que te conozco, pero me siento muy unida a ti. Yo estoy hablando sobre tus padres, pero yo tampoco he sido muy buena madre… –musitó entre sollozos Darlene–. Verás… Hace años tuve una aventura.

–¿Que tuviste una aventura?

–Sí, pero te ruego que no pienses mal de mí.

–Por supuesto que no. Simplemente estoy sorprendida. Jonathan y tú tenéis un matrimonio perfecto.

–Ahora sí, pero entonces no. Verás. Jonathan jamás

demostraba sus sentimientos. Espero no avergonzarte contándote esto, pero es un hombre apasionado en el dormitorio, pero ni siquiera después de que nos casáramos me dijo en una sola ocasión que me amaba. Yo sabía que me quería, pero no es lo mismo que escuchar las palabras.

Gemma la comprendía demasiado bien.

Los ojos de Darlene volvieron a llenarse de lágrimas, pero las contuvo.

–Llevábamos casados unos quince años cuando me di cuenta por fin de que Jonathan jamás me diría esas palabras. Él trabajaba muy duro y parecía necesitarme cada vez menos. Yo estaba empezando a sentirme no solo menos mujer sino también menos esposa.

Gemma extendió la mano y golpeó suavemente la de Darlene.

–Es comprensible.

–Entonces, un día conocí a un hombre. Estaba de compras cuando comenzamos a charlar y congeniamos. Él me pidió que me tomara un café con él. Yo sabía que no debía hacerlo, pero me sentía muy deprimida. Jonathan llevaba meses sin hacerme el amor. La noche anterior yo me había insinuado a él, pero me respondió que estaba cansado.

–¿Estaba Jonathan teniendo una aventura?

–No. Ese no era el problema. Estaba demasiado centrado en su trabajo y en ganar dinero. Volviendo a ese hombre, empecé a quedar con él para tomar café. Su matrimonio tampoco era muy bueno. Yo aún trataba de conseguir la atención de Jonathan, pero una cosa llevó a la otra y decidí que estaba enamorada del otro hombre. Ya no podía soportar mi matrimonio, por lo que hice las maletas y me marché.

–¿Que te marchaste? –le preguntó Gemma muy sorprendida.

–Sí, pensé en hacerlo para siempre. Me dije que mis hijos ya no me necesitaban y que probablemente estarían mejor sin mí. Por supuesto, solo eran excusas. Regresé una semana más tarde.

–¿Solo una semana?

–Sí. Jonathan estaba destrozado y me suplicó que regresara a casa. Yo entonces ya me había dado cuenta de que había cometido un error. Lamento lo que hice, pero solucionó nuestro matrimonio. Algo pareció despertarse dentro de él y, desde entonces, ha sido un amante esposo y un excelente padre.

–¿Cuántos años tenían Tate y Bree?

–Tate tenía doce y Bree siete. Dios. Me siento tan mal por lo ocurrido... Bree era demasiado pequeña, pero Tate sí se enteró de todo. Cuando regresé, se mostró muy frío conmigo y es muy reservado conmigo desde entonces. No pude explicárselo a mi hijo. A veces me gustaría haberlo hecho. Desgraciadamente, Helen y Nathaniel no me perdonaron nunca.

Eso explicaba la frialdad que Helen mostraba hacia su nuera y que había aplicado también a Gemma porque pensaba que había hecho daño a su nieto.

–Tal vez no debería dar mi opinión sobre esto, pero ¿no deberían haber aceptado Helen y Nathaniel su parte de responsabilidad en todo esto por haber sometido a su hijo a tanta presión?

–Eso es lo que siempre me ha parecido a mí –comentó Darlene, sorprendida y agradecida a la vez por las palabras de Gemma–, pero ahora es demasiado tarde. Ya nada va a cambiar con mi suegra. Hice daño a su hijo y eso es lo único que le importa.

–Es una pena que no hablaras también con ella.

–No podría hacerlo...

–No tienes nada que perder por intentarlo. Ahora, tu matrimonio es sólido como una roca.

–Así es. Tal vez haya llegado el momento de limpiar el ambiente –dijo Darlene–. Gracias, Gemma. Creo que voy a hacerlo ahora mismo.

Gemma se puso de pie. De repente, no estaba tan segura de que hubiera sido una buena idea animar a Darlene. Tal vez habría sido mejor dejar estar las cosas.

Darlene le dio un beso en la mejilla.

–Muchas gracias. Estoy muy contenta de que tú no tengas que pasar por todo esto con Tate. Él es tan cariñoso y se preocupa tanto por ti. Jonathan jamás fue así conmigo.

Gemma se alegró de que Darlene se inclinara para recoger su bolso y que no viera la reacción que aquellas palabras provocaban en ella. Todo lo que su suegra había dicho era cierto, pero Tate no la amaba. Se preguntó si les ocurriría a ellos lo mismo que a sus padres. No obstante, no se imaginaba con un amante. Él sería el único hombre que desearía siempre.

Gemma esperó a que Nathan estuviera en la cama antes de hablar a Tate sobre Darlene. Se había pasado toda la tarde pensando en la visita de su suegra y había decidido que no podría soportar que lo mismo le ocurriera a su matrimonio. El mejor modo de impedirlo era hablar abiertamente de lo ocurrido entre los padres de Tate, aunque era consciente de que debía hacerlo con cautela.

Estaban sentados en la terraza tomándose una copa después de la cena cuando Gemma dijo:

–Tu madre ha venido hoy a verme. Quería asegurarse de que yo estaba bien.

–Sé que estaba preocupada por ti.

–Es una persona muy cariñosa, ¿verdad?

–Sí.

Gemma respiró profundamente y dijo:

–Me ha hablado sobre esa aventura que tuvo hace tantos años.

Tate se incorporó de un salto en su butaca.

–Si le dices a alguien algo, te juro que…

–¿Cómo puedes pensar que yo pudiera decirle nada a nadie? No podría pagar a tu madre de ese modo. Sin embargo, tú nunca la has perdonado.

–Eso no es asunto tuyo –le espetó.

–Lo es cuando me estás haciendo a mí pagar ese error.

–¿Le has hablado a mi madre de nosotros?

–¡Por supuesto que no!

–No entiendo por qué te sientes tan afrentada. No puedes negar que mi madre y tú tenéis mucho en común.

–Yo jamás te he sido infiel, Tate.

–Bueno, eso solo es cierto porque, en aquel momento, no estábamos casados. Sin embargo, moralmente sí lo fuiste.

–Un beso no es lo mismo que tener relaciones sexuales –le espetó ella.

–Me estabas engañando, Gemma. No te equivoques.

–Siempre te mostraste dispuesto a creer lo peor de mí. Ahora, estoy empezando a pensar que tal vez habías decidido que ya te habías cansado de mí. Querías librarte de mí, por lo que creer que la mentira de Drake era cierta suponía la salida más fácil.

–Eso es ridículo. Te sorprendí besándolo, maldita sea.

–Yo creía que te estaba besando a ti –dijo ella, ni por primera ni por última vez.

–Mira, no voy a hablar de nuevo de todo esto, Gemma. Solo quiero que sepas que si te vuelvo a sorprender besando a Drake, o a cualquier otro hombre, te quitaré a Nathan con tanta rapidez que ni siquiera te darás cuenta.

–En ese caso, no tengo nada de lo que preocuparme –replicó ella, muy tranquilamente–. No tengo intención alguna de besar a ningún hombre que no seas tú.

Tate la miró fijamente durante un largo instante, como si estuviera tratando de buscar la verdad. De repente, Gemma notó un sutil cambio en su rostro y supo que, por fin, él la creía. Tate asintió imperceptiblemente antes de marcharse hacia el interior de la casa.

Poco después, oyó que él se marchaba de la casa.

Aquella noche, Tate regresó muy tarde. Había ido a su oficina para trabajar unas cuantas horas, pero sin conseguirlo

Dos años atrás, había deseado a Gemma más de lo que había deseado nunca a ninguna otra mujer. Había terminado su relación con ella porque la había sorprendido besando a Drake. Ella había traicionado su confianza.

Entonces, ¿por qué diablos la había creído cuando ella le dijo que no tenía intención de besar a otro hombre que no fuera él? Por muy increíble que pudiera parecer, así había sido.

Una cosa estaba muy clara. En las últimas semanas,

había visto facetas de Gemma que iban más allá del sexo. La había visto como madre, como hija herida y traicionada. Se mostraba amable con todo el mundo y le preocupaban sus problemas a pesar de que ya tenía ella bastantes problemas. Era encantadora y hermosa. Era una persona con la que quería estar, dentro y fuera del dormitorio. Por primera vez, esperó que su matrimonio pudiera tener una oportunidad después de una admisión de aquel calibre.

Se metió en la cama al lado de su esposa. La estrechó contra su cuerpo. Entonces, ella se estiró para besarlo. Tate comprendió que ella trataba de decirle algo.

–Gemma…

–Estoy aquí, Tate…

Le colocó las palmas de las manos sobre el torso y profundizó el beso. Entonces, deslizó la mano adonde él ya estaba preparado para ella.

–Te aseguro que no me voy a marchar a ninguna parte…

Gemma le besó la garganta, el pecho… Cuando terminó con él, los dos estaban agotados y satisfechos.

Tata comprendió lo que ella había tratado de decirle. Gemma iba a quedarse a su lado y no habría nada que pudiera impedírselo.

Capítulo Diez

Cuando llegó el día de la entrega de premios el viernes por la noche, Gemma estaba feliz. Algo había cambiado entre Tate y ella, sutil pero bueno. Casi se podía decir que él confiaba en ella. Por supuesto, seguía convencido de que ella había tenido algo que ver con Drake hacía dos años, pero al menos parecía dispuesto a olvidar.

Gemma rezó para que Drake no se presentara allí aquella noche.

Notó que Darlene y Helen parecían haber recuperado la armonía y charlaban animadamente como si fueran viejas amigas. Evidentemente, la conversación pendiente que tenían había limado sus asperezas.

–¿Has tenido tú algo que ver con eso? –le preguntó Tate al oído. Él también se había percatado del cambio de actitud entre las dos mujeres.

–Yo simplemente escuché…

–Pues gracias de todos modos –susurró Tate antes de besarla delicadamente en los labios.

Además de con su nuera, la actitud de Helen había cambiado también hacia Gemma. Se había mostrado muy afectuosa con ella cuando llegaron a aquella noche. Además, parecía que los demás miembros de la familia estaban dispuestos a seguir el ejemplo de la anciana.

La ceremonia comenzó por fin. Tras varios discursos en los que se exaltaban las virtudes de los Chandler, Helen tuvo que subir al escenario para recoger el premio. Lo hizo acompañada de Jonathan en medio de una gran ovación.

–Es un gran honor estar aquí esta noche para aceptar este premio. Como saben todos, mi querido esposo falleció hace tan solo un par de meses, pero se habría sentido orgulloso de que toda su familia esté aquí esta noche para homenajearle. Para Nathaniel, la familia era muy importante. Mi hijo ha seguido con los mismos ideales y, me alegra decir, también mi nieto. Como muchos de ustedes saben, Tate se casó recientemente y su esposa e hijo han traído gran alegría a nuestra familia...

Gemma escuchaba el discurso muy sorprendida. Era muy amable por parte de Helen...

–Gemma está demostrando ser un valioso miembro de nuestra familia. Además, está mi bisnieto Nathaniel, el miembro más joven de la familia, pero no por ello el menos valioso. Mi esposo habría estado encantado de recibir este premio. Ya me lo imagino sentado en el Cielo, sonriéndonos a todos. Que Dios lo bendiga.

Los aplausos resultaron casi ensordecedores. Jonathan acompañó a su madre de nuevo a la mesa, pero, antes de que la anciana se sentara, le dio un beso a Gemma como muestra de afecto pública. Los ojos de Gemma se llenaron de lágrimas. Todo aquello significaba tanto para ella. Helen no era amable con ella por el hecho de estar en un sitio público. Era sincera.

De repente, necesitó unos instantes a solas para serenarse.

–Perdonadme un minuto –dijo. Se levantó y tomó su bolso.

–¿Te encuentras bien? –le preguntó Tate.

–Sí... sí... ahora estoy perfectamente –afirmó con una sonrisa.

Rápidamente, salió de la sala para encontrar el tocador. Mientras caminaba por un pasillo, no pudo dejar de maravillarse de lo mucho que habían cambiado las cosas. Parecía que se había producido un milagro. La familia de Tate la había perdonado. Lo único que le faltaba era que Tate hiciera lo mismo.

Alguien se colocó delante de ella y le agarró los brazos.

–Hola, Gemma.

–¡Drake!

–Pareces sorprendida de verme...

–Suéltame –dijo ella mientras trataba de zafarse.

–¿Es así como tratas a un viejo amigo?

–Mira, Drake...

–Te aseguro que te estoy mirando, querida.

Gemma encontró fuerzas para colocarle las manos sobre el pecho con la intención de empujarlo para que se apartara.

–Por favor, déjame en...

–¿Gemma?

Dios.

La voz había sonado a sus espaldas. Cuando se dio la vuelta, Gemma vio a Tate. Su mirada lo decía todo. La confianza que había parecido depositar en ella había desaparecido. Se mostraba incrédulo, enfadado, herido... Todo estaba escrito en su rostro.

Gemma no pudo soportarlo más. Había perdido a Tate. Una vez más, había perdido al hombre que amaba. Además, en aquella ocasión también perdería a su hijo.

Sintió que se desmoronaba sobre la moqueta.

***

Durante unos instantes, Tate no pudo reaccionar. Vio cómo su esposa se desmayaba delante de él. Sintió náuseas. Había vuelto a sorprenderlos. Debían haberlo organizado todo para verse allí. Seguramente, habían pensado que sería más seguro quedar en un lugar tan concurrido.

Entonces, ocurrió algo extraño. Vio satisfacción en el rostro de Drake. De repente, Tate ya no estuvo seguro de nada. No había tenido noticias de Drake desde antes de la boda y no se había puesto en contacto con él sobre la entrega de premios. Incluso se había sentido culpable.

Muy confuso, decidió que Gemma lo necesitaba. De repente, comprendió un detalle que le pareció importante. Si Drake realmente sintiera algo por ella, ya se habría arrodillado para atenderla.

Cuando se acercó a ella, vio con satisfacción que ella estaba tratando de incorporarse.

–Gemma... –susurró apoyándola contra su cuerpo.

–Estoy bien.

–Tienes que ver a un médico.

–Eso no es necesario. Estoy bien.

Tate le agarró con fuerza los hombros.

–Quédate ahí sentada un rato.

–Lo siento, Tate –dijo Drake rápidamente–. No quería encontrarme con Gemma así.

El cuerpo de ella se tensó. Por primera vez, las palabras de Drake no sonaron sinceras para Tate. Encajaban perfectamente con la satisfacción que había visto en su rostro tan solo unos instantes antes.

A pesar de todo, no quiso que Drake sospechara nada de lo que estaba pensando.

–¿Te puedo ayudar en algo? –le preguntó Drake.

Tate sintió que Gemma se echaba a temblar. Aquella reacción no era la de una mujer que deseaba a un hombre. De hecho, parecía más bien lo opuesto.

–¿Le puedes decir a mi familia lo que ha ocurrido? Están dentro. Yo llamaré a Clive para que venga a recogernos.

–Claro. Iré ahora mismo. No tienes que preocuparte –afirmó Drake.

Tate lo siguió con la mirada. La actitud de su amigo le provocó un escalofrío.

–Tate, no es lo que piensas…

–No te preocupes –le dijo mientras la ayudaba a ponerse de pie–. Vamos. Busquemos un sitio en el que te puedas sentar hasta que llegue Clive.

Con la ayuda de dos mujeres, llevó a Gemma a una pequeña salita que había en el pasillo. Después de asegurarse de que Gemma estaba bien, las mujeres se marcharon.

Tate llamó a Clive y le explicó la situación. Afortunadamente, su chófer estaba muy cerca de allí.

Bree se les acercó muy preocupada.

–¿Qué ha pasado? Drake ha dicho que Gemma se ha desmayado.

–Sí, pero ya está bien. Seguramente ha sido la emoción que ha sentido al ver cómo la abuela hablaba de ella. Voy a llevármela a casa.

–¿Quieres que me vaya con vosotros? –le preguntó Bree–. Mamá y papá están bailando y la abuela está pasándoselo estupendamente con unos amigos. A mí no me importa marcharme ahora.

–Gracias, hermanita, pero estamos bien. Díselo a los demás, ¿de acuerdo? No quiero que se moleste a Gemma cuando llegue a casa. Se va a ir directamente a la cama.

–Claro.

–¿Bree? –susurró Gemma–. Gracias.

Bree la miró con cariño.

–De nada, Gemma

Tate se quedó atónito por el placer que le produjo que su hermana y su esposa pudieran ser amigas. No se había dado cuenta antes de lo mucho que le molestaba la mala relación entre ellas.

En aquel momento, Clive le llamó al móvil para decirle que ya había llegado. Por suerte, nadie pareció notar nada fuera de lo común mientras los dos atravesaban el vestíbulo para dirigirse a la limusina.

Entre Clive y él la acomodaron en el asiento trasero. Cuando el coche arrancó, Clive levantó como siempre la pantalla que les daba intimidad.

–Tate, yo…

–Calla. Deberías descansar.

–No voy a renunciar a Nathan –dijo ella con la voz entrecortada.

Todo volvió a desmoronarse a su alrededor. Tate había estado dispuesto a conceder el beneficio de la duda, pero tal vez se había equivocado.

–Eso me suena a amenaza.

–No me importa lo que me hagas a mí, Tate, pero no voy a consentir que te quedes con mi hijo.

–Y yo no voy a consentir que mi hijo viva con otro hombre.

Ella palideció.

–¿Cómo?

–Si te vas con Drake, Nathan se queda conmigo.

Ella lo miró boquiabierta.

–Pero yo no me quiero ir con Drake. No quiero ir a ninguna parte.

–¿No?

–No.

–En ese caso, seguiremos casados –afirmó él.

–¿De verdad?

–Nathan es nuestro. Nos quedamos juntos…

Tate no estaba dispuesto a confesárselo aún, pero, por primera vez, su matrimonio no solo tenía que ver con su hijo. Quería que Gemma se quedara a su lado.

Ella lo miró sorprendida. Los dos completaron el resto del trayecto en silencio.

Peggy, que había estado cuidando a Nathan, abrió la puerta en cuanto el coche se detuvo delante con el rostro muy preocupado.

–Una taza de té te sentará bien –le dijo a Gemma.

Tate acompañó a Gemma a la habitación y esperó hasta que se metió en la cama. Cuando Peggy le llevó el té y se marchó, él también se dispuso a marcharse.

–Estaré en mi despacho si me necesitas.

–Tate, sobre Drake…

–Déjalo estar.

No quería volver a oír el nombre de su amigo. Había empezado a darse cuenta de que su mejor amigo no era lo que parecía ser.

Gemma respiró aliviada cuando se quedó a solas. A pesar de que él se hubiera marchado, no se sentía amenazada. Le daba la impresión de que Tate creía que ella no había preparado aquella cita con Drake. Su actitud había cambiado. ¿Podría ser que por fin estuviera viendo a su mejor amigo como la persona que era? ¿Podría ser que por fin hubiera aprendido a confiar en ella?

Rezó para que fueran las dos cosas.

Capítulo Once

A la mañana siguiente, Tate dejó a Gemma y a Nathan aún dormidos y bajó muy temprano a la cocina. No había podido dormir bien porque había estado tratando de decidir si su mejor amigo lo había estado mintiendo desde el principio. Drake lo había intentado convencer de que la culpable había sido Gemma, pero Tate ya no estaba tan seguro. No dejaba de recordar el gesto de satisfacción de Drake y eso le hacía dudar.

En la cocina, Peggy le preparó una taza de café y le entregó el periódico de la mañana

–Creo que es mejor que vea eso, señor Chandler.

¿Otro bebé para los Chandler? La recién casada Gemma Chandler se desmaya en la cena que se celebró anoche...

–Y veo que el señor Drake Fulton también estuvo en la cena –añadió Peggy mientras señalaba la fotografía.

Tate frunció el ceño. Efectivamente, Drake abandonaba el hotel al lado de su madre con una sonrisa en los labios.

–Así es. Llegó un poco tarde.

–Entiendo –susurró Peggy. Tenía el ceño fruncido.

–¿Por qué, Peggy? –quiso saber él. Ella dudó–. Peggy, ¿hay algo que me estés ocultando?

–¿Se desmayó Gemma antes o después de que apareciera el señor Fulton?

–Después. ¿Por qué?

–Bueno, él telefoneó aquí hace aproximadamente dos semanas y estuvo hablando con Gemma. Fue cuando estábamos trasladando sus cosas a la suite de usted.

–Sigue.

–Oí que Gemma le decía que él jamás había sido amigo de usted y que un día usted se daría cuenta de la clase de persona que era. Lo siento, señor Chandler. Tal vez no debería haberle dicho a usted nada, pero aprecio mucho a Gemma y no me gustó lo mucho que el señor Fulton la disgustó. Si me permite que se lo diga, yo creo que Gemma tiene razón sobre el señor Fulton.

Tate se sintió como si le hubieran ayudado a abrir los ojos por fin.

–Te agradezco que me lo hayas dicho, Peggy. Me llevo el periódico. No quiero que Gemma lo vea.

–Tiene suerte de tenerlo a usted cuidando de ella, señor Chandler.

–Estoy empezando a creer que soy yo el que tiene suerte.

Se marchó de la cocina y subió al dormitorio. Se encontró a Gemma despierta, jugando con su hijo sobre la cama. Al ver a su padre, el niño extendió los brazos y trató de bajarse de la cama. Tate echó a correr para tomarlo en brazos antes de que se cayera del colchón. Justo cuando dejaba al niño sobre el suelo, oyó que Gemma decía:

–Veo que has traído el periódico.

Tate levantó bruscamente la cabeza. Debió de haberlo dejado sobre la cama cuando tomó a Nathan en brazos para que no se cayera. Vio que ella lo abría y que comenzaba a abrir los ojos de par en par.

–¿Qué es esto?

–Has conseguido salir en los periódicos –bromeó él.

–Están sugiriendo que estoy embarazada.

–Sí.

–Pero no lo estoy. Estoy tomando la píldora y no me desmayé por…

–¿Sería el fin del mundo para ti volver a estar embarazada?

–¡Por supuesto que no! Me encantaría tener otro hijo algún día –susurró, sonrojándose–. ¡Tate! ¡Está andando!

–¿Qué? –preguntó Tate al tiempo que sentía que su hijo le agarraba la pierna.

–¡Nathan ha empezado a andar! Solo han sido un par de pasos, pero lo ha hecho…

Tate miró a su hijo y sintió que se le hacía un nudo en la garganta.

Gemma se levantó de la cama y se agachó para recibir a su hijo.

–Ahora ven con mamá, cariño…

Nathan miró a su madre y dudó.

–Vamos. Puedes hacerlo, cariño. Ven con mamá…

Nathan se soltó de la pierna de Tate y dio tres rápidos pasos en dirección a su madre. Ella lo levantó del suelo con los ojos llenos de lágrimas de felicidad y el orgullo escrito en el rostro. Tate sintió que el nudo que se le había formado en la garganta amenazaba con ahogarle. En ese momento, supo que jamás dejaría a Gemma o a su hijo. Lucharía hasta la muerte por ellos.

***

Después de desayunar, Tate dijo que tenía que marcharse, pero que no tardaría mucho. Había estado muy callado mientras desayunaban. Por sus gestos, se notaba que estaba enfadado con alguien. Cuando regresó, parecía más relajado, pero aún tenía un gesto de dureza reflejado en el rostro. Gemma sintió esperanza de que su ira estuviera dirigida a Drake Fulton y que, por fin, su marido hubiera comprendido la clase de persona que era el que consideraba su mejor amigo.

–Mi abuela ha decidido dar una fiesta esta noche –le dijo Tate a Gemma mientras los dos estaban con el niño en la salita.

–¿Esta noche?

–Sí. Creo que se siente a la deriva por el hecho de que mi abuelo ya no esté para compartir ese premio. Este es su modo de mantenerse ocupada. Bree y ella llevan toda la mañana al teléfono invitando a gente.

–Es un poco precipitado, ¿no?

–Sí, pero se trata tan solo de familia y amigos. Peggy se ha vuelto a ofrecer para cuidar de Nathan esta noche. Ahora, tengo que ir a mi despacho. Le prometí a la abuela que haría un par de llamadas en su nombre.

Cuando aquella noche entraron en la casa de Helen, Gemma miró rápidamente a su alrededor y sintió un profundo alivio al ver que Drake no estaba. Le sorprendió que hubiera tantos invitados.

–Creía que habías dicho que se trataba solo de familiares y amigos. Tiene que haber al menos sesenta personas aquí.

–Ochenta, en realidad –anunció la propia Helen que se acercó a saludarlos.

Desgraciadamente, lo que prometía ser una agradable velada, no tardó en convertirse en una pesadilla.

–¿Cómo está mi abuela favorita? –dijo Drake tras darle un beso a Helen. Entonces, saludó con la cabeza a Tate y centró su atención en Gemma–. Espero que te encuentres mejor, Gemma. Anoche podrías haberte hecho daño.

Gemma sintió que Tate se tensaba a su lado. No parecía estar cómodo con su amigo. Sorprendentemente, ella sintió que le apretaba la cintura como si estuviera tratando de darle fuerza.

–Afortunadamente, Tate estaba a mi lado.

En los ojos de Drake se reflejó algo maligno antes de que se volviera a mirar a Helen con una amable sonrisa. Mostraba su falso encanto con la anciana, con Tate, y después con Darlene, Jonathan y Bree cuando se unieron a ellos. Drake y Bree no tardaron en marcharse a hablar con los de otro grupo.

Tate mencionó que tenía que hablar con un conocido del mundo de los negocios. Helen le dijo que se marchara y prometió que ella se ocuparía de Gemma. Después de un rato, la anciana se dirigió a Gemma y la apartó del grupo en el que estaban.

–Cariño, me pregunto si me podrías hacer un favor.

–Por supuesto, Helen.

–Estoy esperando que un amigo de Nathaniel me llame a las ocho. Dougal es ya mayor y está en una residencia. Si no respondo al teléfono, no volverá a llamar. ¿Crees que podrías ir al despacho y esperar a que llame para luego venir a avisarme a mí? No me gustaría dejar a mis invitados desatendidos.

Gemma se sintió algo extrañada por aquella petición, en especial porque Helen tenía muchos empleados trabajando para ella aquella noche, pero no pudo negarse.

–Claro. Estaré encantada.

–Gracias. Supongo también que agradecerás estar sola un ratito. Últimamente has tenido mucho estrés.

–Así es.

–Faltan quince minutos para las ocho. El despacho está por el pasillo a la derecha. Solo tienes que entrar y esperar.

–Bien. Será mejor que se lo diga a Tate –comentó. No quería que él se preocupara si no la encontraba. Sin embargo, al ver que estaba hablando con Drake, sintió que el alma se le caía a los pies.

–No te preocupes, ya lo haré yo. Ve a descansar un poco –le recomendó Helen–. Aún queda mucha fiesta y habrá muchos invitados que quieran hablar contigo.

Eso fue más que suficiente para Gemma. Pensar que todos podrían querer hacerle preguntas le hizo marcharse casi corriendo al despacho.

Cuando Tate vio a Gemma que se marchaba de la sala, ya estaba hablando con Drake. Estaba charlando con él cuando su abuela se acercó.

Como habían planeado.

–Tate, cariño. Espero que no te importe que Gemma se haya ido a mi despacho. Estoy esperando una llamada de Dougal y ella ha ido allí para avisarme cuando se produzca. Además, parecía algo cansada y le vendrá bien relajarse un poco.

–Será mejor que vaya a ver cómo está –comentó él.

–No, cielo. Te aseguro que está bien. Además, regresará enseguida –afirmó Helen. Entonces, apretó el brazo de Drake–. Me alegro que hayas venido, Drake –añadió antes de marcharse.

–Vete con Gemma si quieres –le dijo Drake a Tate.

–No. La abuela tiene razón. A Gemma le vendrá bien un respiro.

Odiaba usar a su esposa como cebo, pero tenía que poner fin a aquel asunto por el bien de todos, en especial el de Gemma. Creía que ella le había estado contando la verdad desde el principio. Ni siquiera sabía cómo podía estar charlando con su supuesto amigo.

Drake frunció el ceño.

–Tal vez Gemma esté estresada porque yo estoy aquí, pero tu abuela insistió tanto... –afirmó Drake.

–No importa. Todo es agua pasada.

–Pareces estar muy seguro de Gemma ahora.

–Así es.

–Supongo que si Gemma está embarazada...

–Efectivamente los dos esperamos tener más hijos...

Tate se rascó la oreja y le dio a su abuela la señal que esperaba.

–Tate, ¿puedes venir un minuto aquí?

Sonrió a su amigo.

–Es mejor que vaya a ver qué quiere mi abuela.

–Sí, no la tengas esperando.

Tate se alejó de su amigo, pero, antes de que hubiera llegado junto a su abuela, ella le indicó con la cabeza que Drake había abandonado la sala.

***

Gemma estaba sentada al escritorio observando cómo el reloj estaba a punto de dar la ocho. Efectivamente, Helen le había hecho un favor pidiéndole que fuera allí a esperar la llamada de teléfono. Necesitaba desesperadamente alejarse de Drake.

De repente, la puerta del despacho se abrió. Vio cómo un alta figura entraba en el despacho y cerraba la puerta.

Drake.

Una sensación de *déjà vu* se apoderó de ella.

–Así que es aquí donde te estabas escondiendo.

–Este es un lugar privado, Drake.

–Mejor –dijo él. Comenzó a acercarse a ella.

–¿Qué quieres decir?

–No pensarías que yo me iba a olvidar, ¿verdad?

–¿Olvidar de qué?

–De ti.

–¿Por qué estás haciendo esto, Drake? Yo jamás te he dado pie.

–Tal vez esa sea precisamente la atracción.

–Sabías que, hace dos años, yo creía que era Tate al que estaba besando –dijo ella, poniéndose de pie aunque sin abandonar el refugio que le proporcionaba el escritorio.

–Claro que lo sabía, Gem.

–Sin embargo, te consideras el mejor amigo de Tate. ¿Por qué arriesgas tu amistad de ese modo?

–¿Acaso la estoy arriesgando? Yo no lo creo. Por cierto, es una pena que vayas a tener que divorciarte. Tu matrimonio realmente terminó demasiado rápidamente, pero así ocurre en estos matrimonios tan famosos…

–¿Qué quieres decir?

–Cuando te haga mía, tendré que decirle a Tate que tú por fin has conseguido seducirme.

–No te creerá.

–Yo creo que sí…

–En realidad, Drake, sé que no será así –gruñó Tate mientras apartaba las cortinas y entraba por la puerta que daba a la terraza.

Gemma contuvo el aliento. Drake Fulton también.

Capítulo Doce

Mientras observaba a Drake, Tate experimentó una sensación de triunfo que jamás había sentido. ¿Cómo había podido creer que Drake era su amigo?

–¿Qué es esto? –preguntó él.

–Te he tendido una trampa, bastardo.

–Y yo le he ayudado –afirmó Helen entrando también desde la terraza.

–Lo único que quiero saber es por qué, Drake.

Drake se encogió de hombros.

–Tú me robaste una novia hace muchos años. Por lo tanto, yo decidí robarte la tuya.

–¡Dios santo! –exclamó Tate con incredulidad–. ¿Te refieres a Rachel? Pero si eso fue en la universidad. Ella se me insinuó y tú dijiste que no importaba.

–Mentí. Esa chica me importaba, igual que Gemma te importa a ti. Así, mi venganza fue más dulce.

Tate miró a Gemma y sintió que el corazón se le aceleraba al ver cómo la esperanza despertaba en aquellos ojos azules. Ella quería que él se ocupara de ella.

–En una cosa tienes razón, Drake. Gemma me importa más de lo que puedas imaginar.

Como un niño mimado, Drake estalló.

–Yo estaba detrás de las fotografías de Internet y el artículo de que podría estar embarazada.

Tate sintió que la ira se apoderaba de él.

–Te quiero fuera de esta casa y fuera de mi vida. Si vuelves a acercarte a mi familia, te arrepentirás.

–Me parece bien. De todos modos, conseguí lo que quería. Os separé durante dos años. Tú te perdiste el nacimiento de tu hijo y su primer año de vida. Eso es insustituible, ¿no te parece, Tate?

–Maldito sea...

Helen agarró a su nieto por el brazo.

–Yo me encargaré de acompañarte a la puerta, Drake –dijo la anciana–. Te sugiero que te marches del país tan pronto como te sea posible y no vuelvas a presentarte por aquí. Si no lo haces, yo misma te destruiré.

–Que os vaya bien a todos –rugió Drake mientras salía del despacho y daba un portazo.

Durante unos segundos, nadie se movió. Entonces, Helen, tras lanzar un beso a Tate y a Gemma, se marchó tras él.

Tata miró a la mujer que amaba. Sí. Amaba a Gemma. Lo había comprendido cuando oyó cómo Drake la amenazaba desde el otro lado de las cortinas. Su instinto de protegerla surgió desde lo más profundo de su ser. Ansiaba protegerla, honrarla, compartir con ella la vida. Nadie podría impedírselo. Nada los separaría. Nunca más.

Se dirigió a ella, pero Gemma ya volaba hacia sus brazos. La estrechó con fuerza contra su pecho. Todo era tan perfecto. Tan adecuado. Ella tenía que sentir también algo por él. ¿Podría ser amor?

–Todo ha terminado, cariño –murmuró besándole los ojos, enterrando el rostro en su cabello y aspirando su aroma.

Ella era la mujer que amaba. Gemma lo representaba todo para él.

***

Gemma gozaba entre los brazos de Tate, pero le estaba costando creer lo que acababa de ocurrir. Helen no esperaba ninguna llamada. Todo había formado parte de un plan para desenmascarar a Drake. Eso significaba que por fin él creía que ella era inocente.

–No, Tate, te equivocas. No ha terminado.

–¿No? –preguntó él frunciendo el ceño.

–No. Acaba de empezar, cariño mío. Te amo, Tate Chandler. Te amo con todo mi corazón.

–Dios… Yo también te amo, Gemma. Más que a la vida misma.

Sus labios y sus corazones se unieron durante unos minutos interminables. Aquello era amor en estado puro. No podía ser mejor.

Por fin, se separaron y Tate le dedicó una sonrisa que expresaba un amor que ella adoraría para siempre.

–Perdóname, cariño, por todo lo que te he hecho pasar. No sé cómo no he visto antes la verdad. Eres una buena persona y no te lo mereces.

–Se interponían entre nosotros muchas cosas –dijo ella. Le resultaba tan fácil perdonar a Tate.

–Gracias. Creo que, a partir de este momento, nuestras vidas deberían empezar desde cero.

–Sí, pero nuestros pasados nos han convertido en lo que somos, Tate. Nos hemos ganado nuestro derecho a la felicidad. No quiero olvidarlo nunca.

–¿Ves? Por eso te quiero tanto. Tienes razón, aunque no creo que debamos recordar todos los días.

–De acuerdo –dijo ella. El murmullo de la fiesta estalló en la distancia–. Tu abuela es increíble.

–En lo que se refiere a proteger a los suyos, es única.

–Tú tampoco lo has hecho mal. Siento que mi familia no sea lo suficientemente decente como para poder compartirla contigo.

–Nathan y tú sois la única familia que necesito. Los dos ya habéis traído mucha felicidad a mi familia. Si no me crees, estoy seguro de que mi abuela estará encantada de confirmarlo. Nos has unido, Gemma. Siempre estaré en deuda contigo por ello.

–¿Has perdonado ya a tu madre?

–Todos cometemos errores. Y nadie más que yo.

–Ella estará encantada de saber que ha recuperado a su hijo. Tu madre es una mujer muy fuerte, como tu abuela. Hacen falta muchas agallas para regresar a casa y admitir que cometió un error.

–Lo sé. Ahora, vayámonos. Tengo ganas de regresar a casa para ver a mi hijo.

–Quiero tener otro hijo contigo, Tate.

–A mí también. Tantos como quieras –susurró él. Los ojos se le habían oscurecido de deseo.

–A mí me gustaría tener por lo menos tres.

–¿No dijiste en una ocasión que la perfección se consigue con la práctica?

–Creo que sí.

Gemma se puso de puntillas y le besó la mejilla.

–En ese caso, será mejor que vayamos empezando.

Se marcharon juntos del despacho por la puerta de la terraza y se dirigieron hacia la limusina atravesando el jardín. La brisa nocturna acariciaba suavemente la piel de ambos y las estrellas más brillantes parecían guiñarles un ojo desde el cielo.

Decididamente, el amor estaba en el aire.